MY (K)NIGHT　マイ・ナイト

樹島千草

集英社文庫

MY(K)NIGHT《マイ・ナイト》

【1】

横浜の街がゆっくりと眠りにつこうとしていた。きんとした凍気《とうき》の粒が少しずつ天から落ちてきて、街を冷やしていくようだ。

カラスの声がどこかで聞こえる。「カラスが鳴くから帰ろう」と歌う童謡がふと脳裏をよぎり、刹那《せつな》は無意識に眉をひそめた。

（カラスと一緒に、やったっけ）

分からん、と考えること自体を終わらせる。歌詞を覚えていられるほど、何度も歌い聞かせてもらった記憶はない。

刹那にとって、カラスの声は温かい家へ帰る合図ではなく、猥雑《わいざつ》さの象徴だ。繁華街の路上でゴミをまき散らし、電柱の上から足早に歩く人々を見下ろしながら、警告のような鳴き声を放つ。何かが起きるぞ。嫌なことが始まるぞ、と。

「ふー……」

雑居ビルの屋上にて、ざらついた味の紫煙をくゆらせる。何度か深呼吸して、煙で肺を満たし、刹那は意を決して自分のスマートフォンを操作した。重い前髪の奥で、憂いのある瞳が揺れる。

『一希《かずき》、元気？』

耳元で、留守電に登録されたメッセージが再生された。

『久しぶりやね。ちゃんと食えとるん？　今、どこで何してんの。また気ぃ向いたら連絡してな』

無遠慮で、雑なメッセージ。聞いた誰もが、頻繁《ひんぱん》に息子に連絡してくる普通の母親を想像するだろう。

なぜそんな声が出せるのか、と嫌悪感を覚えた。

自分が何をしたのか、忘れたのか。食事の心配など、どの口が言うのか。

（また、ってなんや）

故郷を出てから十年以上、「気が向いた」ことなど一度もない。自分から連絡したことも。

激情をやり過ごすように、刹那は深く息を吐いた。肺を満たしていた煙草《たばこ》の煙ごと、全てを吐き出してしまえたらいい。

わずかに残っていたコーヒーの缶に煙草の灰を落とし、改めて街を見つめる。

なんだか知らない街のようだ。さまよって、移ろって、繁華街に迷い込んだ野良猫の

ような寄る辺なさがせり上がってくる。

「おう」

その時、屋上にひょっこりと男が現れた。髪を短く切りそろえた壮年の男性だ。抜け目のなさと、ひょうひょうとした雰囲気を同時に感じる。

「弘毅《ひろき》さん」

男性を見て、刹那は少しだけ肩の力が抜けた。居場所のない野良猫のような気分が遠ざかり、普段の感覚が戻ってくる。

横浜は自分の街。

ここは自分の縄張りだ。

「鍵知らねえか？　車の」

「いや、知らんすけどね」

「あれれれれ」

のほほんとした声を残し、弘毅は去っていった。どこかコミカルな彼の様子に、思わず顔がほころぶ。

缶の中に吸い殻を落として火を消し、刹那は彼の後を追った。

＊　＊　＊

その事務所は雑居ビルの一画にしっくりとなじんでいた。

バーだった場所をそのまま借り受けたためか、内装は今でも酒場そのものだ。どこか隠微で、謎めいた隠れ家のような雰囲気を醸し出している。

室内にはバーカウンターがあり、いくつもの卓上照明が置かれていた。赤や黄色の間接照明に照らされ、ぼんやりと店内の様子が浮かび上がる。

ガラス製のチェス盤、陶器で造られたマリア像、高額な洋酒の空き瓶……。インテリアには一貫性がない。

「ねえ」

カウンターでインスタント焼きそばをすすりながら、刻《とき》は隣に声をかけた。曇り一つない陶器のような肌に、大きな潤んだ瞳。血色のよい唇にスッと通った鼻梁《びりょう》と、誰もがため息をつくほどの美貌だが、彼の興味関心はもっぱら隣に座る男にある。

刻の隣では、真剣な表情でイチヤがトランプと格闘していた。鍛え抜かれた鋼のような肉体を窮屈そうに縮め、トランプをバランスよく積み上げている。

二枚のトランプを互いにもたれさせて三角形を作り、それを二つ並べた上にトランプを一枚横たえ、その上にまたトランプ二枚で三角形を作る……。かれこれ三十分以上も続けているため、トランプタワーは高々と積み上がっていた。この調子で行けば、天井まで届きそうだ。

「それさ、一人でやって楽しい？」

刻はまじまじとタワーと同僚を見比べた。こちらに目もくれないイチヤにかまわず、なおも話しかける。

「イチヤってさ、雰囲気あるよね。なんかオーラっていうか、芸術家っぽい感じ」

「…………」

「なんかしてんの？」

「…………」

「聞いてる？」

「…………」

どうやら相当集中しているようだ。

刻は諦めて、焼きそばをすすることに専念した。他人に無視されることには慣れている。状況に慣れるだけで、心のほうが慣れるわけではないけれど。

（イチヤの「コレ」は悪気がないから）

だから悲しくなったりはしない。

「……っす」

その時、刹那が事務所に入ってきた。ふわりと香る煙草の臭いに、ああ、屋上で一服していたのかと察しがついた。刹那のほうも事務所に漂う匂いに気づいたのか、呆《あき》れたような顔で刻を見る。

「よお食えんなあ。この後メシ食うんやろ」

「うん、食べる？　おいしいよ」

「は」

刻に対して薄く笑った刹那の目がイチヤを捉え、一瞬輝く。面白いおもちゃを見つけたように。

そのまま彼はしなやかな獣のように足音も立てず、イチヤの背後に回った。

（あーあ）

この後の惨劇を想像し、刻は心の中で手を合わせる。

「よっ、元気⁉」

「…………っ‼」

勢いよく両肩に手を置かれた驚きで、イチヤがびくりと身じろぎした。案の定、彼の指が当たったトランプタワーがバラバラと崩壊する。

「おい……！」

「そない怒んなよ」

イチヤの抗議などお構いなしで、刹那は事務所の奥にあるロッカーに向かった。ビーズカーテンの向こうでくたびれた上着を脱ぎ、スーツを纏《まと》う。慣れた手つきでシャツを第一ボタンまで留め、ネクタイを締めていくと、どんどん刹那の雰囲気が変わっていった。

まるで粗暴な野良猫がその毛皮を脱ぎ、野性味のある狼《おおかみ》に変貌するように。

いつ見ても刹那の「変身」は面白い、と刻は目を細めた。客のどんなニーズにも応える、完璧主義の彼ならではの特技だ。

「あれ？　刻、左利きやったっけ」

着替えながら刹那がバーカウンターのほうに戻ってきた。左手に持った箸で焼きそばを食べていた刻は首を横に振る。

「ん？　右だけど」

「じゃあなんで」

「左利きって得だよなー。普通に食べても、今の刹那みたいに気にかけてくれんだから」

「ははっ、そんなことのために左で食べてんの？」

「最近さあ、天才っぽい動きがマイブームなんだよね。無駄に素数を呟《つぶや》くとか」

「は？」

「イチローみたいに、毎朝カレー食べるとか！」

「……刻って顔はいいのになあ」

心底残念な子を見るように、利那が呟いた。その反応はだいぶ傷つく。

何か言い返してやろうかと思った時、イチヤが会話に入ってきた。

「イチローってさ、本当は毎朝カレー食べてなかったらしいよ」

先ほど、利那にトランプタワーを崩された後、彼はなぜか店の隅で腕立て伏せに興じていた。切り替えが早いというか、突飛な行動が予測不能というか……やはり彼は人の想像の上を行く。

透明感のある声だ。繊細で、柔らかくて、少し弱々しい。しっかりと筋肉のついた肉体と声音のギャップが面白い。

イチヤが会話に入ってきたことが嬉《うれ》しく、刻は意気込んで彼に向き直った。

「え、マジで？」

「遠征の時とか、普通にハンバーガーとか食べてたらしい」

「カレー食べてるから天才……になれるわけちゃうからな」

呆れたように利那が言った。

「あくまでも集中力を高めるためやろ。毎朝『おいしい』とか『まずい』とか、朝食の当たり外れでパフォーマンス崩したくないやろ」

「ふーん？」

「それより俺は、信じるものをやり続ける、あの愛の深さを見習うべきやと思うよ。三百六十五日バット振り続けて」

「刹那ァ」

　思わず呼びかけると、刹那が我に返ったように目をしばたたいた。その顔に、ふっと笑いかけてやる。

「めっちゃ語るじゃん」

「……確かに」

「今の会話のどこに、そんなスイッチ入る要素があったわけ？」

「いや、別に」

　ごまかすように刹那の視線が泳ぐ。おそらく、完璧主義を志す彼だからこそ共感するところがあったのだろう。

　――クールぶっているのに「熱い」。

　刹那本人は認めようとしないが、隣で見ていればバレバレだ。

「漢字二文字で喋《しゃべ》るとか」

　そんな二人を意に介さず、イチヤが言った。とっくに話題は変わったというのに、彼はまだ「天才の定義」について考えていたらしい。

「漢字二文字で喋ると、なんか天才っぽく見えるんじゃない？」

「どゆこと？」

思わず問い返すと、イチヤは刻の持っていた焼きそばをジッと見つめ、

「例えば……蕎麦《そば》、美味」

「あー、なるほど。いいね！　今日、御客、主婦」

「うん」

「いいね、いいね、いいね！」

グッとイチヤにサムズアップを返す。今日はそれで行くか、と意気込んだ時、冷めた目で見ていた刹那が「馬鹿、阿呆《あほう》」と辛辣《しんらつ》な言葉をかけてきた。

……確かにそれも漢字二文字だ。

天才とはかけ離れた悪口で我に返り、刻はパシンとイチヤの腕を軽く叩《たた》いた。

「イチヤ、ちげーよ、これ」

「だな」

顔を見合わせ、苦笑する。

気づくと、事務所を出る時間が迫っていた。

チェックのコートを着た刹那がポケットを探り、「うわ」と天井を仰ぐ。

「弘毅さん、鍵、俺や」

車の鍵に、大きなキーホルダーがついている。ホテルのルームキーのように大きなキーホルダーには「MY KNIGHT」の文字が刻まれていた。

オーナーである弘毅は「デートセラピスト」と称しているが、それが刻たち三人の職業だ。

——傷つき、疲れた女性を癒やす騎士。

壁にかかったカレンダーは全ての日付に、びっしりと予定が書き込まれている。「二月一日、アイコ、バースデー」「二月二日、もえな、三年記念」「二月三日、いくこ、バースデー。ひとみ、バースデー」……。

彼女たちは自分自身にとって欠かせない記念日に刻たちを「買う」。

刻たちは金を受け取り、彼女たちの「一晩」を癒やす。

壁には「延長・リピート三条件」と自己啓発セミナーよろしく、ビジネスの基本を記した紙が貼ってある。

一つ、身なりを整えること。美肌でサラサラ髪のイケメンであり、笑顔を絶やさず、清潔感を保てば、リピーターはついてくる。

一つ、デートは盛り上げること。期待以上に楽しい時間を提供できれば、帰りたくない顧客は契約時間を延長してくれる。

一つ、メッセージでも盛り上げること。メールのやりとりでも楽しませることができれば、再び会いたい気持ちが募り、リピーターになってくれる。

……といった具合だ。

そのための研究も欠かさない。目立つ位置に貼られた地図には付箋が貼られ、話が弾む場所や、おすすめスポットが共有されていた。

ホワイトボードには昨日、二月九日の待ち合わせ場所や解散時間が書かれている。それを消し、利那が今日の予定を書き込んだ。

偶然にも、この日は三人とも同じ待ち合わせ場所で、それぞれ別の客と会うことになっている。当然、互いが知り合いだというそぶりは見せない。事務所を出た瞬間から契約終了時間まで、三人は客のために存在する。

「ゲストのプロフィール、目ぇ通したか」

連れだって事務所を出ながら、弘毅が尋ねた。心得たように刻は頷《うなず》く。

「今夜のゲストは年上なんで、俺は年下王子に徹します」

「お前、大体そんな感じやな」

呆れと感心を半分ずつ含んだ目を向けてくる利那に、刻は肩をすくめた。

「まーね。……っていうか利那、何その微妙なネクタイと眼鏡」

「いや、ちゃうねん。指定やねん。高校教師役」

「刹那は毎回、客から言われること違うよね。……イチヤは？」

「俺、特に何も言われてない」

リピーターならば「求められていること」も分かるが、今日の客は三人とも「新規」だ。

寂しさを埋めてほしいだけなら、この先何度も仕事の依頼が来るだろうが、客の要望は千差万別。予約時のヒアリングでは本音を隠す客も多い。

結局、実際に会ってみないと分からないのだ。

「たった一晩でゲストの人生、変えてしまうことがある」

事務所から駐車場に向かう階段を下りながら弘毅が言った。仕事のたびに聞かされる決まり文句だ。

「クソ男ばかりいるこの国で」

「本物のナイトになれ、でしょ」

刻と刹那が後を引き継いだ。

イチヤは他人事《ひとごと》のような顔をしているが、仕事はきっちりやるだろう。いつもどこかに魂を半分忘れているような青年だが、こんなイチヤを求める客も多い。

外に出ると、すでに日は暮れていた。二月の横浜は大体十七時には日が沈む。

「そろそろナイトの時間ですか」

利那が呟いた。騎士と夜の英単語をかけるのはあまりにもベタでは、と思ったが、口には出さないでおく。

普段、自分たちの前では関西弁《かんさいべん》で話す刹那が標準語になっている。仕事モードに入った証拠だ。ならば水を差すこともない。

「行きますか」

歩きだした三人の背中に、弘毅が言った。

「世界を救ってこい」

「はいよ」

軽快に応え、刻は横浜の街明かりを見つめた。

キラキラと軽やかに夜を彩る、光の粒の集合体。愛する恋人と夜景を眺める人々は刻たちのような存在がいることなど想像もしないだろう。

自分たちを求める人は他にいる。

尖《とが》ったイルミネーションに傷つけられ、倒れそうな人たちを救えるのは夜を生きる自分たちだけだ。

【 2 】

●刻と沙都子《さとこ》

夜空を突き刺すようにして、ライトアップされた横浜ベイブリッジが浮かび上がっていた。橋を望むホテルのテラスに一人の女性がたたずんでいる。

淡いベージュのコートに、上品にまとめたヘアスタイル。風に飛ばされそうなほど小柄で華奢《きゃしゃ》な背中を見て、刻はそっと近づいた。不意に彼女が指をいじるような仕草をした後、その手をポケットに入れたことで確信する。左手の薬指から指輪を外したのだ。

「お待たせ。待った?」

あえて親しげに声をかけると、女性はびくりと身じろぎしてから恐る恐る振り向いた。

(わあ)

おどおどとした白ウサギ、というのが第一印象だった。

歳《とし》は四十代前半だろうか。清潔感はあるものの、疲労感が全身からにじみ出ている。

身なりの良さと、疲労困憊《ひろうこんぱい》した雰囲気がアンバランスだ。

女性は不安そうに身体《からだ》をこわばらせ、ぎこちなく刻を見上げた。相手の機嫌を損ねないように必死なのか、女性は無理やり口の端を引き上げる。

「いえいえ」

鈴の断末魔のような声だった。

刻は人懐こく、にっこりと笑う。……若干、お手本を見せるような気持ちで。

「沙都子《さとこ》さんでしょ？　すぐ分かった」

「どうしてですか」

「なんか寂しそうだったから」

自分は味方だ、と伝えたつもりだったが、返ってきたのは困ったような笑顔だった。

「そうなの、寂しいの」と返してくる相手なら、ここからの流れは簡単なのだが。

「いこ。おなか減っちゃった」

刻が手を差し出すと、沙都子はこくんと頷いた。手をつなぐのはＮＧのようだ。

（ま、最初はこんなもんか）

沙都子を促し、刻はホテルに入った。気づくと三歩後ろを歩こうとする彼女のことが気になりながら。

ホテルのレストランはほどよく賑《にぎ》わっていた。

かすかにピアノの生演奏が聞こえる中、どのテーブルも思い思いの会話を楽しんでいる。

（レストランのコースって量が少ないからコスパ悪いけどなあ）

運ばれてきたオードブルの皿を前に、刻は内心苦笑した。

細身だが、刻は大食漢だ。コース料理だけでは腹が膨れないことを想定して、事務所でインスタント焼きそばも食べてきた。

とはいえ、それを客に気づかせたりはしない。沢山食べる男性を好む女性は多いが、刻を指名する客はそうではない。かすみを食べて生きています、という透明感を好む傾向にあり、ジャンクフードを食べるだけで幻滅されることもある。

この仕事ではイメージを守ることも大事だ。

そう割り切り、刻は仕事中、高級なものを少しだけ食べるようにしていた。

「うわあ、すごい。綺麗《きれい》！」

目の前に置かれたオードブルの皿を見て、刻ははしゃいだ声を上げた。

ジャガイモのピューレの上に、生け花のように温野菜が盛り付けられている。メインディッシュを待ち望む様子などおくびにも出さず、キラキラと目を輝かせてみせる。

その様子が「刺さった」かどうかは分からないが、沙都子も遠慮がちに頷いた。

「ね、綺麗」

「うん、おいしいね」

「うん」

共通の料理を食べれば会話が弾む……というのが弘毅直伝の必勝法だが、今回は例外のようだ。沙都子の緊張はまだ解けていない。

刻はあえて声をひそめ、二人だけの内緒話をするようにテーブル越しに顔を近づけた。

「ね、なんて呼んでほしい？」

「え？」

「今日は俺、沙都子さんの恋人だから」

「あ、え、うーん……どうしよ。……なに、かな」

沙都子はうつむき、困ったように笑った。

「じゃあ……『沙都子』は？」

刻はとりあえず一番恋人っぽい呼び方を提案してみた。だが返ってきたのは、ひるんだようなまなざしだった。

「あ……でも呼び捨ては嫌かも。いつもそうやって呼ばれてるから」

「まさか沙都子って本名なの？」

「うん、本名……えっ、こういうのって普通みんな、本名なんじゃないの？」

うろたえた様子の沙都子に苦笑する。

「あ～……大体変えるね、名前」

マジか、と思った気持ちが伝わったのだろう。沙都子は口元に笑みを貼り付けたまま、うなだれてしまった。

これは刻の失態だ。ただでさえ緊張している客をより追い詰めてしまった。

「じゃあ、さっちゃん！　さっちゃんでどう？」

「さっちゃん？」

「ダメ？」

「ううん、じゃあ、さっちゃんで」

沙都子は頷いたが、喜んでいるようには見えなかった。心から「さっちゃん」呼びが嬉しいのではなく、相手の提案を受け入れただけ、といった様子だ。

その証拠に、沙都子は刻の様子をうかがっている。今の返事は正解だったのかどうかを見極めるように。

（いや、気のせい気のせい）

沙都子は会話してくれるし、どんなに歪《いびつ》だろうと、刻に笑顔を向けてくれる。金を払っているのだから、と高圧的に出ることもなく、食事の時間も惜しいとばかりに、自分

の欲求だけを通そうとしてくるわけでもない。

沙都子はいい客だ。

自分にそう言い聞かせ、刻は自分の皿に載っていたトマトをフォークに刺して差し出した。

「よし！　じゃあさっちゃん、このトマトを……あーんして」

「いや……いやいやいやいや」

「大丈夫大丈夫。……ほら、あーん」

「あ……あーん」

恐る恐る口を開ける沙都子にトマトを食べさせる。

おいしい？　と聞けば、おいしい、と返ってきた。素直な人だ。きっとこの緊張も、食事が終わる頃には解けるだろう。

（じゃないと俺までつられそう……）

すでに若干居心地の悪さを感じつつ、それを必死で押し殺す。沙都子との距離を縮めるべく、刻は極上の笑顔を作った。

「じゃあ俺にも、あーんして」

ほら、と軽く口を開けて催促する。口の中がカラカラに乾く前に、何か差し出してもらえるといいなあ、と心の中で願いながら。

●イチヤとミユポ

参ったな、というのがイチヤの感想だった。

絶対に窓際の席がいい、窓際じゃなきゃ依頼しない、と予約時に強く言われたのだと、事前に弘毅が嘆いていた。

彼がレストラン側に必死に交渉したおかげで、イチヤたちの席は窓際だ。壁一面が窓ガラスになっていて、座った席からは横浜の夜景が一望できる。ギラギラと輝くイルミネーションは美しいというより威圧的で、戦火に包まれた王都のようだが、最高のロケーションであることは変わらない。

そんな席にもかかわらず、イチヤの客は夜景を見ようともしなかった。先ほどから料理が運ばれてくるたび、しきりにスマホで撮影している。

何枚か写真を撮り、慣れた手つきで画面を叩き、首をかしげてはまた撮影に戻る……。冷菜の時はまだ我慢できたが、温かい料理が提供されても写真を優先するのだから呆れてしまう。

(この子、なんなんだ)

女性は「ミユポ」と名乗った。明らかに偽名だが、それは別にかまわない。

歳は二十で、その他は全てノーコメント。

イマドキという表現がぴったりくるほど、後れ毛まで計算したような緩いパーマの髪を後ろでまとめ、白いブラウスに大きなパールのネックレスを着けている。夜の世界を匂わせる淫靡《いんび》さはないが、化粧は濃く、つけまつげとアイラインのせいで目力がすごい。きゅっと引かれたルージュも隙がなく、正面にいるイチヤも圧倒された。

通常、「MY KNIGHT」を利用する客はこだわりが強い。キャストの年齢を、容姿を、体格を、事細かに指定してくる。

外見ではなく「設定」にこだわりを持つ客もいる。そうした客は大抵刹那が引き受け、美貌を求める客は刻が対応した。

それでいうと、イチヤが担当するのはこだわりのない客が多い。

なんとなく寂しい、他の店に飽きた、話の種に……。

どんな客でも、イチヤは特に不満がなかった。こだわりのない客はあまり要求してこないため、楽でもあった。

今はそれでもいいけどな、と以前、弘毅に苦笑されたことがある。「お前自身をもっと見せてくれたら、客層も変わってくるんだが」と言われたことは一度や二度ではない。

(そう言われてもな)

自分自身と言われても、イチヤにはよく分からない。

やりたいことも、追いたい夢ももうない。それらは過去、全て捨てた。それから先は「空いた時間をどう埋めるのか」すら悩む日々だ。

分からないまま、ふらふらとこの街にたどり着き……気づくと、この仕事に就いていた。多分これから先もずっと変わらないだろう。

「あのさ」

「………」

控えめにイチヤが声をかけたが、ミユポは無反応だった。

(珍しく「俺」を指定してきた客って話だったけど)

イチヤはため息をかみ殺す。店のホームページに載せている顔写真を見て決めたのならばイチヤに関心があるのだと思ったが、どうもそうではなさそうだ。

間が持たず、イチヤは目の前の料理に口を付けた。

「そのお魚はどんな味ー？」

突然ミユポが話しかけてきた。スマホを見続けているが、一応会話する気はあるようだ。

イチヤは皿を見下ろした。

ふんわりとフリットされた白身魚は軽く、サクサクとした衣の歯触りもよい。

「シンプルな味付けだけどクリーミーで、トマト風味のバターソースが鼻から抜ける……」

「あは、イチヤさん、表現者だね！　よきよき」

「冷めちゃうよ」

「あ、これも食べてー」

食欲をそそる表現を心がけたつもりだったが、ミユポには通用しなかった。スマホから顔も上げず、ずいっと自分の皿をイチヤのほうに押しやってくる。

先ほどから何度か行われた行動だ。

押し問答する気力も失《う》せ、イチヤは渋々皿を受け取った。

「おなか減ってないの？」

「コースって多すぎるよねえ。外国の女の子たちは全然大丈夫なのかな」

「さあ……」

「ね、撮ってくんない？」

ミユポがスマホを突き出してきた。

いったん食事を中断してスマホを受け取ると、彼女はテーブルに置かれていたワイングラスを顔の近くに捧《ささ》げ持つ。

——にこり。

ピタリと止まった今がシャッターチャンスということなのだろう。

仕方なくイチヤはスマホを構え……、

「………」

ふと違和感を覚えた。

「イチヤさん？」

「そのまま」

イチヤは席を立ち、床に片膝をついた。

ミユポが夜景を背負った状態になるように調整し、今度こそシャッターボタンを押す。

カシャカシャとボタンを押すたび、ミユポは顔を傾けてみたり、微笑《ほほえ》んだりしている。

ただ、あまり魅力的なポーズとは思えない。モデル経験はないようだ。

「顔、こっち」

ミユポの目線を指示し、イチヤは再びボタンを押した。店内のシャンデリアが窓ガラスに映り込み、コントラストをくっきりと切り取っていく。おとがいをそらすことで首筋の陰影が強調され、ミユポを小顔に見せる構図だ。

「はい」

写真を撮り終え、スマホを返す。写真を確認したミユポが大きく息を呑《の》んだ。

「すごおい、イチヤさん写真うまいねえ。あ、これも飲んで」

「………」

品のよい白ワインも、ミユポにとっては小道具の一つにすぎなかったようだ。

諦めてグラスを受け取り、イチヤはため息をかみ殺した。

何をしてほしいのかを言わない客と、自分から提案もできないキャスト。

長い一晩になりそうだ。

●刹那と灯《あかり》

一方、イチヤと刻から離れた席にて、刹那もまた気詰まりなひとときを過ごしていた。

ちょうどアップライトピアノのそばの席だ。生演奏がしっとりと場を盛り上げるシチュエーションはムード満点で、普段ならば男女ともに酔いしれるだろうに。

「ご注文はお決まりでしょうか？」

ウエイターから声をかけられ、刹那は軽く片眉を上げた。

刻とイチヤはこの日、コース料理を堪能するそうだが、自分は違う。事前に弘毅がヒアリングしたデートプランでは「レストランで軽く打ち合わせ」と言われただけで、食事は含まれていなかった。

仕事中にキャストが口にするものは全て客が支払う契約になっている。相手の懐事情もあるのだから、キャスト側から催促はできない。

先ほど手渡されたのもドリンクのメニューだけだった。さっさと注文し、仕事の話に移るのだろうと思ったが、なぜか五分以上経《た》っても目の前の女性、灯《あかり》はメニューをにらみつけたままだ。

きつく一つ結びにした長い黒髪とハイネックのセーター。一応化粧はしているが、華やかとは言いがたく、まなざしも険しい。

(高校教師って話やけど)

まさか一晩を共に過ごす相手の前でも、教壇に立つ時と変わらないとは。

「灯さんは?」

普段の関西弁は封印し、標準語で話す。相手の求める者になりきり、完璧に演じるのが刹那の特技だ。

分厚い黒縁眼鏡の奥で、刹那はまなざしを和らげてみせた。

「全然急がなくていいから」

「………」

「あ、もう少し後で来てもらおうか」

「いえ、今決めます」

刹那の声に被《かぶ》せるように灯が言った。妙にけんか腰だが、そんなにまずいことを言ったただろうか。

（ま、いろんな人がおるか）

　相手は客。そして自分は彼女の騎士だ。「できる」騎士は主人の言うことにいちいち腹を立てたりはしない。

「じゃあ俺はジントニック」

「かしこま……」

「ジンジャーエールにしてください」

「え、俺も？」

「はい、ジンジャーエールを二つください」

　刹那の注文を一方的に取り消し、灯はメニューをウエイターに返した。

　戸惑うようなウエイターの気配を察し、刹那は軽く肩をすくめてみせた。今度こそウエイターは深々と礼をし、去っていく。

「灯さん、もしかしてお酒飲めない？」

　弘毅からそうした説明はなかったが、今日のデートプランに関わる情報なら知っておく必要がある。

「酔っ払った男性が嫌い？　なら、俺はそこそこ強いほうだから大丈……」

「いえ、すみません。お酒はちょっと」

「……あ、うん」

全ての質問に、食い気味に返される。これでは会話が続かない。ズズズ、と水を飲んでいると、

一息つこうと、刹那は手元のグラスを取り上げた。ズズズ、と水を飲んでいると、灯灯が咎《とが》めるように刹那を見た。

不快感と嫌悪感。……刹那にとってはなじみの深い視線だ。

今日の客は強敵だ、と刹那は覚悟を決めた。指名してきたからには友好的だろうと思いきや、灯は刹那の全てが気に食わないように見える。

（ま、やったるけど）

依頼は難しければ難しいほど燃えるたちだ。スタートラインが底辺だろうと、ここから完璧に盛り上げてみせる。

刹那は気を取り直し、スラックスのポケットからスマホを取りだした。

「で、今日はどんなプラン？」

「…………」

返事がないのは想定内だ。メッセージアプリで弘毅から共有された内容を読み上げる。

「事前にスタッフが聞き取り調査をしたところ、今夜の俺の名前は高橋《たかはし》……宏《ひろし》。高校の先生で二十八歳。趣味は美術館巡りと山登り、と。一夜を過ごす王子様設定としてはだいぶ地味だけど？」

「…………」

「パッと思いつくのは、職場の同僚に恋をしたが、彼は既婚者。似た設定の男と一晩を過ごして、その思い出と共に自分の恋心を封印しようとした……とか？」

「刹那さん、お店のホームページにあなたは『お店随一のカメレオンセラピストで、どんなご要望にもお応えします』……と書いてありました」

「ああ、もちろん。だからこうして高校の先生っぽいスーツとネクタイでキメてきたんだけど」

「その眼鏡は外してください」

「ええっ？　あ、眼鏡？」

思わず情けない声が出た。

高校教師と言われた時点で、この格好にしようと決めたのだが。

「そこかあ。一番ポイント高いと思ったんだけどなあ」

だが客の要望なら当然従う。

刹那は黒縁眼鏡を外し、スーツの内ポケットに直にしまった。そして運ばれてきたジンジャーエールのグラスを「乾杯」と合わせ、ズズ、とすする。

再び灯は眉をひそめたが、特に何も言わず、顔を背けた。

「これから、母親に会ってほしいんです」

「お母さん？」

思いがけない申し出に、利那は目を丸くした。

こんな依頼は初めてだ。いつもと違う展開に、胸中でわずかに警戒心が生まれたが、それを飲み込む。

自分は求められたことの、さらに上のサービスを提供するだけだ。その精神で走り続けた結果、利那は客の満足度もリピーター数も「MY KNIGHT」でトップの成績を誇っている。

(今夜も同じじゃ)

この依頼を完璧にこなしてみせる、と利那は不敵に微笑んだ。

【 3 】

●刻と沙都子

夜の万国橋《ばんこくばし》は美しいイルミネーションで彩られていた。観覧車やビルの明かりが運河に反射し、光の詰まったカプセルに閉じ込められたような錯覚に陥る。

そんな夜景を独り占めできる最強のアトラクションが「水上タクシー」だ。操縦士とは完全に切り離された空間に、刻と沙都子の二人きり。船内はさほど広くはないが、その狭さがむしろ親密度を増す手助けをしてくれる。

どんな客もここに連れてくれば、一気に距離が縮まる……はずだったのだが。

「あー、気持ちいい」

運河を走行する水上タクシー内で、刻は弾んだ声を上げた。自分でも呆れるほど芝居がかった声だったが、おそらく問題ないだろう。隣にいる沙都子はそれにも気づかない様子で、ガチガチに緊張している。

「うん、気持ちいいね」

「ちょっと寒いけどね。さっちゃん、大丈夫？」

「うん、大丈夫」

「寒かったらいつでも言って。コート貸すから」

「ありがとう」

「うわっ、さっちゃん、向こう、見て！　建物全体が光ってる。やばくない？」

「うん」

「観覧車もめっちゃ綺麗だよね！」

「……うん」

会話ってこんなに緊張するものだっけ、と自問自答したくなるほどの惨状だ。

沙都子は仏頂面ではない。笑顔を向けてくれるし、こちらの問いには答えてくれるし、会話を続ける努力もしてくれる。クセのある客が多い中、彼女は間違いなく「よい客」だ。

だからこそ楽しませたい。楽しいひとときを過ごしてほしい。

そう思っているのだが、刻の努力は空回りするばかりだ。

「さっちゃん、緊張してる？」

「ちょっと」

「はは、まだ緊張してるか。そりゃそうだよねえ。……あ、今日は十二時までだっけ？」

「はい、終電に乗らないと」

「じゃあ今夜はシンデレラだね。一晩だけの」

魔法をかけるつもりで、刻はふわりと笑った。

幸いというか何というか、「MY KNIGHT」で刻は随一の美貌と名高い。ホームページの顔写真を見て指名してくる客も多く、刻が笑うだけで喜んでくれる。

(ま、いいけどね)

外見だけではなく中身も愛してほしい、などとは言わない。客に対してそんな思いを抱いていては、この仕事は続けていけないだろう。

「さっちゃん？」

「あ……うん」

不意に瞬《まばた》きもせずに凝視《ぎようし》されていることに気づき、刻は笑った。

「めっちゃ見るじゃん。俺、口元に何かついてる？」

「……ごめんなさい」

「全然いいよ。何？」

「顔、綺麗だなあって」

よく言われる、とは返さなかった。

沙都子のセリフで刻は安心し……ほんの少しだけ残念に思った。沙都子も他の客と同じらしい。

むろん、失望の気持ちは表に出さない。出会って数時間だけ知り合う人が、刻の一部分でも気に入ってくれる……それだけで十分ありがたいことだ。

「さっちゃんも綺麗だよ」

「そんなことないよ。ただのおばさんだから」

「俺はそんなこと思わないけどなあ。……ね、この後どうする？」

「………」

「ホテル、行く？」

わずかに投げやりな気持ちになり、刻は沙都子の耳元でささやいた。刻の容姿を気に入る客はこの問いにすぐ頷く。沙都子もきっと同じだと思ったのだが……。

「あれ？　さっちゃん、スマホ」

着信を告げるように沙都子のスマホが震えている。出ていいよ、と言ったが、沙都子は首を横に振り、スマホをバッグにしまった。

（なんだ？）

沙都子の空気がこれまで以上に硬くなる。当然、会話も続かない。

結局、ホテルの話題はそれ以降、二人の間で出なかった。

気詰まりなまま、水上タクシーは終点に着いた。冷たい北風が吹き付ける中、意識して刻は沙都子と手をつなぐ。

「さっちゃん、手、冷たいね」

「あ……ごめん」

「全然、いいよ。俺が温めてあげるって言おうとしただけ」

「すみませ……えっと」

横浜の夜景が冷たく輝いている。街ごと氷漬けにされたジオラマのように。運河から吹き付ける二月の風は重く湿り、骨の髄《ずい》まで凍りそうだ。

「ごめんなさいね。つまらないですよね、私」

ややあって、沙都子が泣きそうな顔で呟いた。刻より二十歳近くも年上だというのに、まるで道に迷った幼子のようだ。

「ホント、嫌になっちゃう。普通は、こんな感じじゃないですよね、きっと。他の人はもっとちゃんとしてますよね。……こんなつまらなくて、ごめんなさい」

「そんなことないよ。それに、楽しませるのはこっちの役目だから」

「でも」

「こうしなきゃいけない、みたいなのは何もないから心配しないで」

刻がそう言うと、沙都子の目がわずかに安堵《あんど》で緩んだ。

（あ、「そこ」か？）

沙都子が緊張している理由の一端がようやく分かった。常連客のようにスマートな遊び方ができないことを彼女は恥じていたのだ。

お金を払うのは沙都子のほうなのに。

自分は客なのだから、お前が楽しませろ、と要求しても許される立場なのに。

（向いてないなあ）

わざわざ気疲れするために大金を払う人間がどこにいるというのだろう。

大真面目にそんなことをするなんて、沙都子はとことん「夜遊び」に向いていない。

一体なぜ、彼女のような女性が「MY KNIGHT」を利用しようと思ったのか。

「さっちゃん、今したいことある？」

「え」

「なんでも言って。それをやろう！」

「したいこと……えっと」

その瞬間、沙都子の目がすうっと透明度を増した。氷でできたナイフのように。

唖然《あぜん》とした刻の前で、沙都子は独り言のように呟いた。

「殺したい」

「ええっ？　お、俺？」

「ううん……夫」

ぽつりと呟いた声はあまりにも重く、暗かった。

「あ、さっきの電話？」

「うん、今夜も帰れない……って電話」

「今夜も、か」

「そう。……私も今、こんなところにいるから同罪だけど」

その言い回しで、刻もピンときた。

今、沙都子の夫も同じように、どこかで若い女性と一緒にいるのだ。

「旦那さんの相手は？」

「私より一回り以上若い女」

「そっか。……でも旦那さんは殺せないから、俺とこうやって？」

「私も若い子とデートしたら少しは……って思ったんだけど」

「どう？　理解できた？　旦那さんのこと」

答えは聞くまでもなかった。

もし沙都子が一晩の火遊びを楽しめる性格ならば、もっと早く道を踏み外していただろう。「MY KNIGHT」に依頼せずとも、出会いはあちこちに転がっている。

しかし沙都子はそうしなかった。そして刻と会っている間も、ずっと緊張している。刻を楽しませなければならないと気を張って……楽しませられない自分に劣等感を覚えて。

「ごめんね、色々気を遣ってもらってるのに」

「ううん、もっと聞かせて。さっちゃんのこと。旦那さんの愚痴《ぐち》でも悪口でも、なんでも聞くから」

「優しいね」

「そんなことないよ。だって今日一日、俺はさっちゃんの……」

「……私、やっぱり、帰ります」

「えっ？」

突然、沙都子は刻の言葉を遮《さえぎ》った。刻が何かを言うより早く、彼女はバッグからハイブランドの長財布を取りだした。

「ごめんね。お支払いは、この場でいいのかな」

「えっ、終わり？　でもまだ二時間くらいしか……」

「ありがとう。楽しかった」

一万円札を五枚、渡される。

「いいよ、こんなに。俺、何もしてないし」

「ううん、話を聞いてもらったから」

呆然《ぼうぜん》として立ち尽くす刻に紙幣を押しつけ、沙都子はその場を後にした。その時電話がかかってきたのか、彼女はバッグから急いでスマホを取りだす。

「もしもし？　ごめんね、コンビニ行ってて気づかなくて」

風に乗って刻の元に届いたのは、別人のように明るい声だった。だがそれでいて、聞いた刻のほうがつらくなるほど痛々しい声だった。

追い詰められた小動物の断末魔のようだ。そんな沙都子の声を聞いても、きっと通話の向こうの男は気に留めないのだろう。

「……うん、分かってる、次はちゃんと、すぐに折り返すから。……はい、はい……ねえ、あなたは今日……あ、ごめんなさい。そうですよね。夜遅くまでお疲れ様。……はーい」

偽りの明るさで彩った声で沙都子は電話を切った。

その瞬間、彼女の肩が大きく落ちる。

こんな惨状で、沙都子は今日、家に帰るのだ。そしてきっと後悔するに違いない。

刻とは何もなかったのに……息苦しい雰囲気でコース料理を食べ、ぎこちない距離のまま水上タクシーに乗っただけなのに。

それでも沙都子はこの日、自分の取った行動を責め、自分を追い詰めていくのだろう。刻との時間は楽しい思い出ではなく、沙都子にとっての「罪」になる。この先どれだけ夫に傷つけられたとしても、金で男を買った記憶が脳裏をよぎり、罪悪感で苦しむに違いない。

（いやいやいや）

それはダメでしょう、と思った。それでは自分たちが存在している意味がない。

「さっちゃん」

小走りで追いつき、刻は沙都子の肩を叩いた。

金はすでに受け取ってしまった。「MY KNIGHT」を通した刻の仕事は終了だ。ならばここから先は自分のやりたいようにやる。心の赴《おもむ》くままに。

「シンデレラの魔法は解けちゃったけど、さっちゃんが本当に今したいこと、やろう」

「……分からないの、自分がしたいこと。もう全部、分からなくなっちゃった」

「じゃあ、昔してみたかったことは？」

「昔？」

予想外の言葉だったのか、沙都子が目を丸くする。思った以上にあどけない表情に、刻はふっと目を細めた。おばさん、と沙都子は自分のことを称したが、とんでもない。

彼女は刻が今まで会った客の誰よりも可憐《かれん》な少女に見える。

「昔……は」

「昔は？」

「……あなたに、なってみたい」

やや沈黙した後、沙都子がそっとささやいた。悩み、ためらい、不安そうにしながらも、彼女は三つほど、「刻になってやってみたかったこと」を挙げた。

「こんな変なこと、言う人いないですよね。こんなの、普通じゃ……」

「いいじゃん、これを『普通』にしようよ！」

「え……」

「俺たちで決めちゃえばいいんだよ。……じゃあ行こう！」

沙都子の手を摑《つか》み、刻は走りだした。

ひゃ、と小さく声を上げながらも、沙都子も一緒に駆けてくる。

（あっ、手）

ずっと氷のように冷たかった沙都子の手がほのかに温かくなっていた。声にも張りが出てきている。

（正解だ）

世間一般の「正誤」も、沙都子の夫の「正誤」も関係ない。沙都子本人の「正解」を

今、刻は探り当てられた気がした。

彼女のやりたいことをこなしていけば、さらに沙都子のことが分かるだろうか。

刻はわくわくしながら、目的地に向かって走った。


最初に着いたのは喫煙所だった。

恐る恐る煙草を咥《くわ》える沙都子にライターの炎を差し出すと、ポッと灯《とも》る炎に引き寄せられるように沙都子が煙草に火を付けた。

「……っほ、ごほっ」

吸い込んだ瞬間、見事にむせる。

「ははっ、これがさっちゃんのやってみたかったこと、その一？」

「うん。ずっと禁止されてて……でも一度くらい、吸ってみたくて」

途中で喫煙所に入ってきた中年の男性にも刻は火を貸した。初めて会うが、彼は特に警戒することなく「できる男は違うね」と軽口を叩いて出て行った。

喫煙所とはそういう場所だ。誰もが煙草一本吸い終わる間だけ、知り合いになる。

目を丸くしてやりとりを見つめていた沙都子が子供のように笑った。

「たのしい」

これまでの取り繕った笑顔とは全く違う。野に咲く素朴な花のような微笑みだ。

「それじゃ、次！　……といっても、ええと」

「…………」

期待するようにキラキラした目で見上げられ、刻は観念するように両手を頬の辺りまで上げた。喫煙所を出て、小料理店の並ぶ路地を歩く。

女性は決して立ち寄らないであろう暗がりの奥に、派手なグラフィティで彩られている公衆トイレがあった。広めの個室は一応大人が二人、入れる広さがある。

「えーっと……やってみたかったこと、その二」

事前に聞いてはいたものの、いざその時を迎えるとややひるむ。もっと過激なことを要求する客もいるのだから、これくらいは幼稚園児のお願いくらいかわいいものだと頭では分かっているのだが。

「立ちションが見たい……ってマジで言ってる？」

「ダメ？」

「ちょっと恥ずかしいんだけど」

だが沙都子は引き下がらない。刻が断固として断れば諦めるだろうが、これが沙都子の「やりたいこと」なら、断る理由が見当たらない。

「さっちゃんってさ、変態なんだ？」

ほんの少しのイタズラ心で、片眉を上げる。困るだろうか、謝るだろうか。

(いや)

刻の予想通り、沙都子は照れたように笑った。

「うん、変態なの」

「認めちゃうんだ、そこ?」

「夢を見るんだよね、昔から」

沙都子は秘密を打ち明けるように呟いた。

「え、どんな?」

「都会で暮らす、イケメンだけど、孤独で自由な男の子になる夢」

「何それ?」

「お店のホームページで刻くんを見た時、この子だって思ったの。水上タクシーで、綺麗な顔って言ったのも」

「なるほどね」

刻の美貌を好む客が多いのは確かだ。水上タクシーで沙都子から容姿を褒《ほ》められた時も、他の客と同じだと思った。

だがそれにしては、沙都子の視線に性欲がちらつかないのが不思議だった。まるで憧れの先輩を見つめる女子中学生のように……鏡の中に理想の自分を探すように、沙都子はまっすぐに刻を見つめていた。

「『俺』はさっちゃんなんだ」

なりたかった姿。

なれなかった姿。

そして、ならなかった姿。

「で、男の子の立ちションが見たい、と？」

「ううん。一度思い切り、立って『して』みたかったんだよね」

「じゃあやってみる？」

「わ、私はいい」

ぶんぶんと首を振る沙都子に刻は笑った。

この瞬間の「刻」は沙都子だ。沙都子はイケメンの生理現象を見たいのではなく、刻として、色々なことを体験したがっている。

それならば、刻はまだまだ付き合える。

（いい顔するじゃん）

用を足し終え、刻は沙都子を促して福富町《ふくとみちょう》のラーメン店に向かった。

隣の客と膝が触れあうほど狭く、床もテーブルも長年の脂でべたついている店だ。肉体労働を終えた屈強な男たちがどやどやと入ってきては、慣れたように大声で注文している。

「すごい……」

店を眺め、沙都子が感嘆したように呟いた。上品な身なりの沙都子はこの店で一人だけ浮いている。

ぎょっとする店主や客に「気にするな」と視線を投げ、刻は沙都子とカウンター席に並んで座った。

「やってみたかったこと、その三！　どうぞ、さっちゃん」

「うん……全部入り、大盛り二つで！」

意を決したように声を張り上げた沙都子に、店主が目を見張った。だが急に面白そうな顔になり、からかうように片眉を上げた。

「ニンニクは？」

「じゃあニンニク増し増しで。ビールもちょうだい」

刻が言うと、店主は「あいよ」とすぐに背を向け、沸騰するお湯に麺を入れた。ぶわっと湯気が上がり、小麦の匂いが立ちのぼる。

五分も待たずに、ドンとカウンターに丼が二つ置かれた。

脂を纏った巨大なチャーシューに、大量のメンマ。刻んだ長ネギに卵黄が絡んだ逸品だ。ぶわっと吹き上がるニンニクの香りと、濃厚な豚骨の香りが、どうしようもなく食欲を刺激する。

「これこれ！　はい、さっちゃん」

刻は沙都子の前に丼を置き、そういえば、と気がついた。

「さっき、コース食べたじゃん。さっちゃん、大盛りいける？」

「大丈夫。実はちょっと、よく食べるほうなの」

「マジで？　同じだ」

誰が見ても小食そうな刻や沙都子にも意外な一面がある。そんな当たり前のことを人はつい忘れてしまう。見た目の情報が力を持ちすぎる世界で、自分たちは他の人以上に振り回される側なのかもしれない。

「いただきます！」

「いただきます。……おいしい」

小さな口で、沙都子はおいしそうに大盛りラーメンを頬張った。目をキラキラと輝かせて夢中になっている。

「最初に聞いた『やってみたいこと』を三つやった感想は？」

「うれしい」

「そりゃよかった」

「今日の体験が、私が夢で何度も見た、『都会で暮らすイケメンの日常』になる」

「次からは、今日のことが夢に出るようになる？」

「うん、絶対」

「ま、イケメンじゃなくても、貧しい若者にとっては、ラーメン全部入りと仕事終わりのビールが最高の贅沢《ぜいたく》なんだよね」

濃厚なラーメンの脂を、ビールの炭酸が搦《から》め捕って胃まで運ぶ。格式張ったフレンチのコースよりも、このほうが遥《はる》かにご馳走《ちそう》だ。

うんうん、と熱心に聞いていた沙都子が、さらにまっすぐ見つめてきた。

「この後はどうするの？」

「この後？」

「刻くんは仕事終わった後、普段はどうしてるの？」

「あー……普通に、彼女のいる部屋に戻って、スマホいじって、まあ寝るだけだよ」

「彼女……いるんだ？」

「あ」

沙都子のその反応に刻はハッと我に返った。

いつの間にか、完全に気が抜けていた。デートセラピストを名乗るだけあり、客は刻たちキャストを「買う」際、恋人としての役割を求めることが多い。

それは刻も十分分かっていたはずだ。レストランで食事する時も水上タクシーから夜

景を楽しむ時も、「年下王子様」の仮面をかぶり続けてきた。

「ごめん、彼女とか言っちゃまずかった？」

仕事時間が終了したとはいえ、これは禁句だったかもしれない。

刻は焦ったが、沙都子は全く意に介さなかった。彼女がいると聞いても、沙都子が刻を見つめる目は純粋な憧れと好奇心に満ちている。

「ううん、もっと見たい」

「何を？」

「刻くんの日常、もっと見たい。もし彼女に刺されたりしないなら……」

「え、まさか俺の家に？」

「行ってみたい」

それはさすがに予想外だった。

(普通言わないでしょ、それは)

金がつなぐ関係で、相手の私生活を知りたがるのは完全にルール違反だ。

……だが同時に、納得もする。

沙都子は「普通」ではなかった。出会った時から、何から何まで。

普通は偽名を使うところで本名を名乗り、普通は性的な関係を持ちたがるところで、全く興味を示さず、普通はコース料理でおなかがいっぱいになるだろうに、その後で大盛りラーメンもペロリと平らげてしまう。

どこにでもいる裕福な主婦の仮面をかぶりながら、全くもって普通ではない女性だ。沙都子なら……刻になりたかったという彼女にならら、もう少し「刻」を見せてもいいかもしれない。

「いいの？　マジで刺されるよ？」

「ええっ……それはちょっと困る、かも」

「まあ嘘《うそ》だけど。同業なんで、全然大丈夫だと思うけど」

「同業？」

「デリヘル」

あえて言葉にし、刻は沙都子の様子をうかがった。職業に貴賤《きせん》はないと世間の人々は言うが、実態は決してそうではない。水商売や性風俗産業に従事する者を嫌悪し、侮蔑《ぶべつ》のまなざしを向ける者は大勢いる。仮に自分が「買う」側として関わっていたとしても、だ。

沙都子が一瞬でも負の感情を見せたら、家に連れて行くことは断るつもりだった。この一件だけで沙都子の全てを否定する気はないが、自分と「彼女」の住む家には入れたくなかった。……だが、

「彼女の迷惑にならないなら……ぜひ」

「…………」

まっすぐに見つめてくる沙都子を、いいな、と思った。恋愛感情ではなく、一人の人間として。

●イチヤとミユポ

日の暮れた中華街は提灯《ちようちん》やネオンでカラフルに彩られていた。無数に延びる路地の一つ、台南小路《たいなんこうじ》には多くの人々が行き交い、威勢のいいかけ声が飛んでいる。すれ違うのも苦労するほど狭い路地だが、人々は慣れた足取りですいすいと小道を歩いていた。

声を張り上げて街頭演説を行っている宗教家もいたが、語っている教義や主張は不可解なものが多く、日本語だというのに意味が分からない。

「注意してください！　私の知っている靴下は直立二足歩行の子羊の刺繍《ししゆう》が入っています！」

「おはようございます！　私は擦り傷です。私は靴下の穴です！」

熱心に声を張り上げる彼らの姿をスマホで撮影しながら、ミユポはケラケラと笑った。

「意味分かんない。やばいね、中華街」

「勝手に撮らないほうがいいって。嫌がる人もいるんだし」

「へーきへーき」

イチヤの忠告を右から左に聞き流し、ミユポはずんずんと歩いていく。小道には外売りの点心販売店や酒場が建ち並び、それぞれの店から漂う香りが入り交じっていた。刺激的なスパイスに、鶏や豚を焼く香り。蒸籠《せいろ》を蒸《ふか》す白い湯気の隣で、串に刺さった水菓子がキラキラと光っている。

(どこに行く気なんだよ)

イチヤは途方に暮れた心地で、ミユポの背中を追った。

明らかに偽名であろう名前を名乗られただけで、彼女の素性も、今日の目的も何もかもが不明のままだ。ミユポはイチヤを指名し、レストランでコース料理を頼みはするが、ほとんど食べずに全てイチヤに押しつけてきた。

こんな客は初めてだ。

変なことに巻き込まれたらどうしよう、とイチヤは軽く不安を抱いた。

ここは雑多な街だ。暴力と金を生業《なりわい》とした組織も存在しており、うっかり彼らの縄張りに踏み込んだ結果、手ひどい目に遭った人々の噂《うわさ》は嫌でもイチヤの耳に入ってくる。ミユポの怖いもの知らずな行動は、そうしたトラブルを引き起こしそうな危うさがあった。

(こんなこと考えてたら叱られるかな)

同僚たちの顔が脳裏をよぎり、イチヤはため息をついた。

本気で依頼主の役に立ちたいと考えている刻や、どんな依頼でも完璧に遂行すること に情熱を燃やす刹那なら、ミユポにも真剣に向き合うのだろう。うまくコミュニケーションを取り、要望を聞きだし、楽しい時間を提供して……。

こんな風に困惑しながら後をついていくしかないキャストは自分だけかもしれないと思うと、ますます情けなくなってくる。

……この仕事は本当に自分には向いていない。

そもそもやりたくて目指した仕事でもない。

色々あって、どうしようもなくなって、全てを投げ出して……途方に暮れて街をさまよっていた時、弘毅に声をかけられただけだ。

「あっ、あった」

「え？」

鬱々としていたイチヤは、ふと我に返った。スマホと目の前の通路を見比べながら歩いていたミユポが斜め前の店に突然駆け寄る。

「小籠包《しょうろんぽう》、一つくださーい」

「はーい、分かりました。ちょっと待っててね」

上機嫌の店主が愛想よく応える。流暢《りゅうちょう》な日本語だが、イントネーションが少し違う。

「お待たせ～」

「はーい、ありがとうございまーす」

手のひらサイズの蒸籠と箸を一膳受け取り、ミユポは近くにあったベンチに座った。

野外フードコートだ。こぎれいなカフェを好みそうな格好のミユポには不釣り合いだが、本人は気にする様子もない。

「んー……何か違う……。ねえ、撮って」

レストランの時と同じく、ミユポがスマホを差し出してきた。渋々イチヤが受け取ると、小籠包の蒸籠を顔の前に持っていってポーズを取る。

適当に何枚か撮ればいいと自分に言い聞かせたが、

「………」

スマホを構えてすぐ、うまく言葉にできない「気持ち悪さ」を覚えた。薄く伸ばした不快感と違和感がベールのようにミユポを覆っている。

軽く目をすがめ、すぐに分かる。丸い小籠包の蒸籠を顔に近づけているため、丸みが強調されているのだ。そして立ちのぼる湯気もまた、顔の輪郭を曖昧《あいまい》にする一因になっている。

「イチヤさん？」

イチヤが急に席を立つと、ミユポが不思議そうな顔をした。それには応えず、二メートルほど離れたところで膝をつく。

「えー、遠くない？」

困惑しているミユポに対し、イチヤは立て続けにボタンを押した。二度、三度と少しずつ角度を変え、構図を調整しながら。

（綺麗に撮れるもんだな）

スマホは持っているが、イチヤは今までカメラ機能を使ったことがなかった。今日、初めて使ったが、その性能に驚かされる。シャッターとなるボタンも各種機能を示すアイコンも直感的で分かりやすく、適当にボタンを押しても自動で手ぶれを補正してくれる。色彩もくっきりと鮮やかで、これが適当に撮った画像とは思えないほどだ。スマホのカメラ機能でここまでの画質が確保できるのなら、後は構図を学べば誰でもプロを名乗れるのではないだろうか。

「イチヤさん？」

「いや……はい」

我に返り、イチヤはミユポにスマホを返した。

背後の夜景と頭上に吊《つる》された提灯を画角に収めることで、ミユポだけが浮き上がるような構図にしてみた。華やかな明かりに包まれた被写体は幻想的で、人目を引く。すらりとしたミユポの魅力を際立たせることに成功しているだろう。

写真を確認したミユポが魅入られたように絶句した。

「……ヤバ。プロじゃん！　マジうまい。なんでこんなに写真うまいの」

「よく頼まれるから」

「ふーん。……あ、これあげる」

よほど気に入ったのか、写真を凝視しながらもミユポは蒸籠をイチヤのほうに押しやった。食べろ、ということなのだろう。

「……いただきます」

正直、腹は一杯だ。ほとんど二人分のコース料理を食べた後では、肉汁たっぷりの小籠包に全く魅力を感じない。

それでも食べ物を無駄にするわけにはいかず、イチヤは渋々箸を手に取った。気づきたくなかったが、そろそろ自分がミユポに名指しされた理由が分かってきた。

「もしかして俺って食べるために呼ばれたの？」

「あはは っ、当たり！　だってイチヤさん、いっぱい食べそうじゃん」

「だったら友達と来ればいいだろう」

自分で言うのもなんだが、イチヤたちは決して「安く」はない。サービスに応じた適正価格だと弘毅は断言しているが、少なくとも食事させるために出す金額としては高すぎる。

痛いところを突かれたのか、ミユポが自嘲気味に目を伏せた。思い切り盛ったつけまつげが一瞬震える。

「そういうのは気まずいからダメなのー」

「気まずい？　タダで食事できるんだから、ラッキーって思われるんじゃないのか」

「イチヤさん、友達いないでしょ」

「なんでそうなるんだよ」

「スレてなくてかわいいねえ」

「……もういい」

明らかに年下の女性に笑われ、ムッとする。同じ言語で話していても、ミユポとは意思疎通ができない。

「あのー……」

その時、誰かがミユポに近づいてきた。三人組の女子高校生だ。

「あの、もしかしてミユポさんですか？」

「あ、はいー」

その瞬間、ミユポは顔を上げ、ニコッと笑った。

(目、合うんじゃん)

イチヤが話しかけた時は、ずっとスマホを優先していたというのに。

その変わりように唖然とするイチヤにはかまわず、四人になった女性たちはキャアキャアと鈴のような声を上げた。

「わあっ、大好きなんですぅ！」

「ホントこの子、めっちゃ大好きなんです。うちらにもいつもミユポさんの話してて」

「あの……写真とか撮ってもらっても……」

「えー、もちろんー。撮ろ撮ろ」

ミユポは嫌な顔一つせず、両手を広げてパッと立ち上がった。当然のようにイチヤにスマホを渡し、少女たちを手招きする。

「あっ、もしかしてこの人、ミユポさんの……」

「全然そういうんじゃなくて、カメラマンですー」

即答され、イチヤは曖昧《あいまい》に会釈《えしゃく》をした。

次々と手渡されるスマホを受け取り、順にボタンを押していく。量が量なので、構図にこだわる暇もなかったが、四人は全く気にしていないようだ。写真を確認しては歓声を上げ、ハイテンションで会話している。「えー、ありがとうございます！」「こっちこそ、ありがとうございます〜、マジで嬉し〜」「応援してますぅ」「うう……うええん」「えー、泣かないで、泣かないでー」「マジやばい、マジでやばい」「ありがとうございましたぁ」「これからも応援していますぅ」「うれしー、バイバーイ」

一体誰がどのセリフを喋っているのかも分からないほど、全員が同じノリで、似たような声音だ。あれで会話が成り立っていたのだろうか。

あっけにとられるイチヤを置き去りにし、ミユポたちは大親友との別離を思わせるテンションで別れた。

そしてミユポだけがイチヤの元に戻ってくる。「受ける〜」と笑う声は軽やかだが、どことなく空虚な響きを感じた。

「えっ、もしかして有名人なの？」

「別にー？　インスタのフォロワーが七万人いるだけー」

「七万人⁉　すげえな」

世間的に「すごい」人数なのかどうか、イチヤは分からない。ただ自分の知り合いに、そこまでのフォロワー数を誇る人はいなかった。こうして突然ファンに話しかけられ、写真を撮っただけで感極まって泣かれる人も。

だがミユポの反応は薄かった。

今までと同じようにスマホをいじりつつ、さっさと席を立つ。

「早く食べてー。まだ行きたいトコ、あるから」

「はあ？」

スタスタと歩いていくミユポに慌て、イチヤは食べかけの小籠包を持ったまま立ち上がった。

「どこ行きたいの？」

「イチヤさんは黙ってついてくればいいの－」

「黙ってついてくればって……。俺、まだ食べ終わってないんだけど」

「早く食べてー」

……ああ、本当に、自分は彼女と話が通じない。

（早く終わらねえかな）

イチヤはため息をつきながらミユポを追いかけ……ふと路地の向こうから歩いてくる二人組に気づいた。前を歩く涼やかな男性を目に留めた時、彼のほうもイチヤに気づいたようだった。

「…………」

「…………」

視線が絡んだ瞬間、相手も自分と同じような顔をしているのが分かってしまった。

――あっちはあっちで大変そうだ。

奇妙な仲間意識が芽生えたイチヤに対し、「向こう」も軽く肩をすくめた。

……お互い、頑張るしかなさそうだ。

イチヤは小籠包を口に放り込みながら、小走りでミユポに並んだ。

●刹那と灯

（おもろ）

目の前を駆け抜けていった青年を見送り、刹那は密《ひそ》かに唇の端をつり上げた。

普段、事務所にいる時は他人のことなど我関せずで振る舞っている男が、着飾った子鹿のような少女に振り回されている。

向こうは向こうで、一筋縄ではいかない客に当たったらしい。

（ま、俺もか）

彼の持っていた小籠包の蒸籠のことを思いだすと、急に空腹を覚えた。先ほど行ったレストランで、刹那は結局ジンジャーエールしか口にしていない。この後何があるにせよ、キャスト側がヘロヘロでは客の要望に応えられないのではないだろうか。

「あそこの小籠包、めっちゃうまいんだよ」

台南小路に入ったところで、一軒の中華料理店を指さす。

気づくと、灯との距離が空いていた。追いついた灯が冷たいまなざしで刹那を一瞥《いちべつ》する。

「食べている時間はありません」

「でもあれならすぐ食べていけるしさ」

「…………」

「あ、ほら、お母さんのお土産ついでに」

思いつく限りの言葉を並べてみるが、氷のような灯の表情は少しも変わらなかった。勤めている高校でも、こんな感じなのだろうか。

規律の乱れを許さず、授業に面白みを持たせようとはせず、生徒とも同僚の教師とも一定の距離を保ち続ける……。

鉄の教師、と恐れられる姿が目に浮かぶようだ。

(まあ、そもそも今回の依頼がよく分からんのやけど)

刹那のような男を一晩買い、要望が「母親と会ってほしい」とは。

その程度の頼みなら、仲のいい男友達か誰かに頼めばいいのではないだろうか。

「なあ、灯さん……」

「そんなことより、事前にお送りした経歴はしっかり頭に入っていますか」

詰問してくる灯を前に、刹那は思わず姿勢を正した。もう十年以上前の学生時代、教師に叱られた時の感覚が蘇《よみがえ》る。

真面目に答えないと叱られる。そして廊下に立たされる。

「ああ、『僕たちは同じ高校の先生として出会い、付き合い始めて二年目。一緒に暮ら

香港
東珍味
夜市
東珍味

してはいないけれど、結婚を意識している』……って、あれ何？」

「利那さんには婚約者を演じてもらいたいんです。私の母親好みの」

「ええっ、俺が灯さんの婚約者としてお母さんに会うってこと？」

「そう言いました。今のように不真面目な態度では困ります。……あと、利那さんは言葉遣いがなってないです。先ほどの、ホテルでのような飲み方も母の前では絶対やめてください」

「………」

一瞬、様々な感情が胸の中を駆け巡った。苛立《いらだ》ちや怒り、羞恥《しゅうち》など、あまりにも複雑に絡み合っていて、自分でもどう思ったのかが分からなくなる。

その全てを力ずくで胸の奥に押し戻し、利那は微笑んでみせた。

隙がなく完璧で、非の打ち所のない笑顔で。

「承知いたしました」

「駅に行きます。電車で数駅のところですので」

灯はそれだけ言うと、利那を追い越して歩きだした。背筋を伸ばし、毅然《きぜん》とした足取りで。

もしかしたら男性の後ろを歩くことに屈辱を感じるタイプなのかもしれない。

利那は軽く肩をすくめ、意識して灯の後ろをついていった。

灯は刹那に目を向けることもなく、閑静な商店街に入っていく。そろそろ十九時にさしかかる頃だ。人通りは少ないが、商店街の店はまだ開いている。

沈黙に耐えきれず、あちこちの店のショーウィンドウを見ていた刹那のそばで、洋品店に目を留めた灯が立ち止まった。

「あの」

「はい？」

「ネクタイだけ、換えてもらってもいいですか？」

「え、ダメ？　これ」

思いがけない言葉に刹那は目をしばたたいた。

事前に高校教師役と聞いていたため、スーツを着たし、ネクタイを締めた。眼鏡までかけたというのに、その中の二つにダメ出しをされるとは。

「私が払いますので、すみません」

「ああ、いや、まあ」

刹那としては、しゃれた大人の男性が好むような柄のネクタイを選んだつもりだった。高校教師という肩書きを持ちつつ遊び心を忘れず、気さくな男性ならば依頼主の女性をときめかせることができると思ったのだが。

（なんや妙に具体的っつーか）

教師という属性の男性を演じてほしいのではなく、誰か特定の個人を演じてほしがっているような印象を受ける。

だが聞いたところで、灯がそれを話してくれるとは思えなかった。

対話を拒絶するように、灯は刹那を待たずに一人で洋品店に入っていく。

首をかしげつつ、刹那は後に続いた。

洋品店に刹那たち以外の客はいなかった。綺麗に髪をなでつけた男性店員が恭《うやうや》しく二人を出迎え、ネクタイを陳列した一角に案内する。鬼気迫る勢いでネクタイを選び始めた灯に圧倒され、口は挟めずにいたが。

「今、着けていらっしゃるのも結構いいと思いますけどね」

代わりに話しかけられ、刹那は苦笑した。

「そうですよね？　結構自信あったんですけど」

「ええ、お客様によくお似合いです」

「刹那さん、いいですか」

店員の賛辞に気をよくした時、灯から声がかかった。ようやく決まったかと思ったのもつかの間、彼女は手にどっさりとネクタイを持っている。

「え、その中のどれ？」

「今から決めます」

灯が持っているのはどれも、地味で落ち着いた色味のものだ。柄も小さなドットやダイス柄といった定番のものばかりで、刹那からすると物足りない。

(俺を自分好みにしたいなら、もっと楽しみそうやけど)

少なくとも、客の多くは「そう」だ。カメレオンの異名を取る刹那に自分の理想を演じてもらい、憧れや夢、初恋を成就させたがる。

そんな客たちを浅ましいとは思わない。刹那はただ演じるだけだ。完璧に、一分の隙もなく。

その結果、客が前向きな気持ちになり、この先の未来に進んでいけるのならば、自分がこの仕事をしている意味は十二分にある。

……ただ灯はどうもそうではないようだ。

せわしなく胸元にネクタイを当ててくる灯を見下ろし、刹那は首をかしげた。

刹那のコーディネートに興じていても、灯は全く楽しそうではない。必死の形相で、額にうっすらと汗までかいている。

「こんなん、いいんじゃない？　明るい感じでさ」

助け船を出すつもりで、刹那はピンク地にドット柄のネクタイを手に取った。首元に当ててみると、店員が感心したように「おお～」と声を上げた。

しかし灯のお眼鏡には適《かな》わなかったようだ。刹那を無視し、彼女はさらに落ち着いた色味のネクタイを選び始める。

……なぜこれほどまでに必死なのだろう。

誰も急《せ》かしていない。刹那も、店員も。

確かに困惑はしているが、灯の行動が不満というわけではない。だというのに灯自身は出会った時からずっと、何かに追い立てられているように焦っている。

「すみません、目移りしちゃって」

震える声で謝罪する灯に、店員がにこやかに「大丈夫ですよ」と応じた。

「結構なんでもお似合いになると思いますけどね」

「いやあ、好みとかうるさいんですよ、彼女」

適当に受け答えしつつ、好みの問題なのかは自信が持てない。

少しは肩の力を抜けばいいのに、と刹那は思った。

灯はずっと、あと一分でネクタイを選ばなければ殺される、というような形相で棚に向き合っている。常にこのテンションで生きていたら、疲れ果ててしまうのではないだろうか。

何より、灯がこんな様子では、自分たちはとても婚約者同士には見えないだろう。刹那がどれだけ完璧に演じたとしても、きっと子供すら騙《だま》せない。

　ムードのある雰囲気に持っていこうと決意し、刹那は灯に近づいた。棚に軽く手をかけ、身を寄せる。許可なく触れはしないが、体温を感じられるほど、近くに。

　振り向いた灯がぎょっとしたように身を引き、棚に背中をぶつけた。

「ちょっと……！」

「どうした？　俺は、婚約者、でしょ？」

「そう、ですけど……」

　警戒心を露《あら》わにし、灯は刹那の胸元を押し返した。その手には紺地にストライプのネクタイが握られている。

「……これにしましょう」

「あ、決まり？」

「はい」

「これでいい？」

「はい」

　念入りに確認してみたが、灯の答えは変わらない。

　これ以上迫ったら、今度は通報されそうだ。

　刹那は身を引きつつ、軽く肩を回した。ガチガチに緊張したままの灯と行動を共にしているためか、自分まで肩が凝ってしまった。

時間の進みが遅い。

十九時を過ぎた腕時計の針を見て、刹那は苦笑した。

「急ぎましょう。時間を無駄にしましました」

「了解しました」

まるで刹那の不手際で時間をロスした、と言いたげな灯に、刹那は恭しく一礼した。

だんだん灯の性格が摑めてきた。

ここまで一貫して距離を置かれると、少し面白くなってくる。

シーサイドラインの乗り場に向かい、刹那たちはちょうど駅に滑り込んできた電車に乗った。車内はほどよく空いていたが、ドア付近の席には外国人のカップルが座っている。互いに顔を寄せ合い、完全に二人の世界に入っていた。

男性が女性の頰を両手で包み込み、女性は嬉しそうに男性にしなだれかかる。額を合わせて何かをささやき、同時に声をひそめて笑い合う。

公共の場とは思えないほどの距離の近さに、刹那は思わず「すーごいな」と半笑いで呟いてしまった。

ただ、あれならば、誰が見ても「カップル」だと分かる。

一方の自分たちはどうだ。横並びでクロスシートに座っているとはいえ、ぎこちなく、よそよそしい。これでは偶然隣の席に座った他人レベルだ。

演技力を駆使した接客を得意とする刹那にとって、出会ってから一時間以上経つというのにここまで相手と距離が縮まらないのは初めてのことだった。むろん、こうしたことは双方の努力の上に成り立っている。いくら刹那が奮闘しようと、灯がこの調子ではどうしようもないのだが。

「あのさ、俺らもあの半分くらい……」

「この後のことですが」

刹那の声を切り捨てるように、灯がナイフのように鋭い空気のままで言った。

「私が基本喋って母に紹介するので、刹那さんは……」

「宏、でしょ？」

「………………」

「それに大丈夫だって。『クリスマスに代官山《だいかんやま》教会で式を挙げて、お互い同じ職場だから少人数でレストランウェディングにしようと思っています』……でしょ？」

「……合格です」

そうは言ったが、灯の表情に喜びは見られない。

「でもあまり喋りすぎないでください。母はそういう人、好きじゃないから」

「なんかさ」

「なんですか」

「仲いいんだな、お母さんと」

「………」

なぜか黙り込んだ灯に、刹那は肩をすくめた。

「一つ聞いていい？」

「なんですか」

「俺が雇われたのは今夜だけだよね。お母さんの前で婚約者を演じてもすぐにバレる。紹介した後で即行別れたことにするつもり？　それじゃあ親孝行にはならないんじゃ……」

「心配いりません」

「なんで？」

「私の母は、もうすぐ死ぬんです」

「え」

言葉をなくした刹那に、灯はもう口を開かなかった。窓際の席で夜景を見つめ、刹那のほうを見ようともしない。

窓に映った灯の表情は出会った時と全く同じだ。氷のように冷たく、張り詰め、こわばっている。

彼女の緊張が伝染したように、刹那も通路の反対側を見つめた。

「そっか」

無意味な言葉だ、と自分でも思いながら、これ以上灯にかける言葉が見当たらなかった。

【 4 】

●刻と沙都子

福富町は横浜でも随一の歓楽街として名をはせている。

日が暮れてからが本番、と言いたげに、街はギラギラと輝き、大勢の人で賑わっていた。

目につく看板に書かれた文字は様々だ。日本語の看板もゼロではないが、どちらかというと中国語やハングルが多い。聞こえてくる言葉も多種多様で、世界中の人間がドッとこの街になだれ込んでいるかのようだった。

だがそんな賑やかさが、路地を一本曲がっただけでかき消える。人がすれ違うのも難しいほど狭い路地は薄汚れていて湿度が高い。今にも崩れそうな建物の窓辺には洗濯物が干してあり、用途不明の段ボールが積み重なっている。

そうした路地を、刻は沙都子を連れて歩いた。タワーマンションに住む富裕層の沙都子には耐えがたい不潔さかもしれない。そう思って様子をうかがったが、沙都子は物珍しげにキョロキョロと辺りを見回し、目を輝かせていた。最初に出会った時はガチガチに緊張していたというのに、大した変わりようだ。

「トキ～、今日モカッコイイネ！」

厚手のジャンパーを着た女性が声をかけてきた。化粧気はなく、髪も雑に後ろで結んでいる。同じアジア系の顔立ちだが、イントネーションには特徴があった。

「コレカラ仕事？」

「もう終わったよ」

「ソ、ワタシ、コレカラ！　オ疲レ様！」

ひらひらと手を振り、刻は目の前に迫った洗濯物のカーテンをくぐり抜けた。シャツや上着ならまだいいが、男性用の下着が顔に直撃するのは避けたい。

刻に倣い、沙都子もあたふたと洗濯物を避けている。その様子がまるで小動物のようで、刻は思わず笑ってしまった。

「気をつけてね」

「うん」

その時、正面から彫りの深い顔立ちの女性が歩いてきた。二十代のマレーシア人でマッサージ店に勤めているソフィアだ。

「お疲れー」

「オツカレサマ」

「出勤?」

「ソー。……アッ、トキ!」

すれ違いざま、ソフィアが刻を呼び止めた。

「ハジク、全然寝ナイネ。困ル! 見テオイテ」

「りょーかい」

「ハヤク寝カセテ。チューヤギャクテン!」

「はいはい」

難しい言葉を知っているソフィアに笑って頷き、刻は目的地の雑居ビルに入った。

エレベーターという便利なものはなく、打ちっぱなしの階段があるだけだ。この国には「住めば都」という言葉があるが、ここは「都」とはほど遠い。

刻はわずかに心配しながら沙都子を振り返った。

「マジで汚いからね。……引かない?」

「引かない」

「よし、じゃあ行こう。……ほら、もう汚い」

階段の踊り場にも段ボールが積まれ、どの国のものかも分からない瓶や置物が散乱している。遠慮なく言ってくれ、という意思を込めて先手を打ったが、ここでもやはり沙都子は物珍しそうにあちこちを見回すだけだった。

「大丈夫、かっこいい」

「いや、かっこよくないでしょ」

「かっこいいよ」

何が、なのかは分からない。

だがその言葉がなんだか嬉しかった。沙都子が本気でそう思っていることが伝わってきたからだ。古びた雑居ビルの階段に向けたものではなく、そこでたくましく生きる刻たちに対する賛辞だったからだろう。

「お、ハジク」

目当ての階にたどり着き、刻は狭い廊下で一人、黙々と遊んでいる少年を見つけた。ここに来るまでの路地裏と同じく、至る所に洗濯物や住人の私物が散らばっているため、廊下は狭い。まっすぐに歩くこともできない廊下で、少年はキックボードにまたがり、何やら熱心にハンドルを切っている。将来、バイクに乗る夢を抱いているのかもしれない。

この街で生まれ、生きる子供たちの将来はおそらく富裕層の子供に比べ、格段に選択肢が制限される。

それでも、夢を見ることは自由だ。生まれてきたからには、誰だろうと夢を持つことは許される。

「ハジク、お兄ちゃんと遊ぼう！」

ハジクを抱え、自分の家に帰る。八畳ほどの一間と台所があるだけの小さな部屋だ。そこに刻は彼女と二人で住んでいる。

百円均一で買ったシャワーカーテンに、安っぽい光を放つ星形のオブジェ。花柄の敷物のすぐそばには狭いセミダブルのベッドがあり、ゼブラ柄のシーツが敷かれている。

床にはブランドもののバッグや花瓶ばかりか、スーパーで買ったばかりの食パンまでも置かれていた。壁際の棚には靴や化粧品がパンパンに詰め込まれ、ハンガーラックにはぎっしりと洋服がかかっている。

ゴミを放置しているわけではないため、悪臭はない。それでも足の踏み場もない惨状に、刻は頭を抱えた。客観的に見回すとひどい有様《ありさま》だ。

「こんなんだけど……大丈夫？」

「もちろん。お邪魔します」

「よかった。……おーい、マーサ」

同棲《どうせい》中の彼女の名を呼んだが、応えはない。

刻は首をひねった。

「あれ？　茉麻《まあさ》？　マーサー」

「お出かけ？」

「いや、そんなことはないはず……わっ」

その時、台所のほうからヌッと女性が現れた。長い髪をアップでまとめ、ピンク色のセーターを身につけている。

はっきりとした顔立ちの女性、刻の恋人の茉麻だ。刻と沙都子を見比べ、彼女は目を丸くしている。

「え、誰？」

「あ、お客さん、沙都子さん」

「そう……え？」

「なんか、俺らの家見たいって、ついてきちゃった」

「初めまして」

ぺこんと沙都子が頭を下げる。みるみるうちに眉間にしわが寄った茉麻を見て、刻は内心焦った。大丈夫だと思ったのだが、やはりＮＧだっただろうか。

どう説明しようかと口を開きかけた時……。

「くっさ！」

茉麻はまるで猫のように、刻たちから飛び退いた。そのまま片手で鼻を覆い、空いた片手を勢いよく振り回す。

「ニンニクくさ！　何!?」

「あ、すみません」

「ケンタロウ！　歯、磨いてきて！　おばさんの分も使い捨て、あるから！」

バサッと手元にあったタオルを投げつけ、茉麻はしっしっと二人を追い払う仕草をした。沙都子個人に反感や怒りを示している様子はない。

それを覚悟していた様子の沙都子も目を丸くした。

「おばさん……。あ、それより、ケンタロウって」

「俺、俺。俺、ケンタロウ」

「けんたろうっていうんだ」

「そう、俺、ケンタロウなの」

そのギャップに沙都子が目を丸くする。だが「似合わない」とは言われなかった。

二人で歯を磨いて部屋に戻ると、茉麻はソファーに寝転がってスマホをいじっていた。ハジクはバランスボールに乗って、はしゃいでいる。以前茉麻が買ってきたが、すぐに飽きて使わなくなった代物だ。

「パンダの赤ちゃんみたい」

コロコロとバランスボールに乗って遊ぶハジクを見て、かわいい、と沙都子が微笑んだ。何の抵抗もなく、彼女はこの空間を受け入れている。

「茉麻、片付けろー」

「えー、無理」

一応言ってみるが、茉麻はスマホから顔も上げない。ハジクも便乗して反抗的な態度を取り始める。

ハジクをたきつける茉麻、という構図はいつものことだ。テレビにゲーム機を接続し、格闘ゲームに誘うとハジクは喜んで駆け寄ってくる。ほんの少し手加減してハジクを勝たせてやると、茉麻は歓声を上げてハジクを褒《ほ》め称《たた》えた。

母は毎晩仕事に出ており、父親はどこの誰かも分からない。そんなハジクのような子供はこの街に大勢いる。それでも愛情が足りないと思われるのは嫌だった。

どんなに金銭的に恵まれていようと、関係が冷え切っている家族もいる。優秀な兄弟と常に比較し、子供の自尊心を削《そ》ぐことに腐心する親も。

そんな者たちの下で窒息しそうになりながら生きるよりは、彼らが「下層」と見下す街で、身を寄せ合って笑いながら暮らすほうが遥かに幸せだ。

「はい、じゃあ次はさっちゃん」

ゲームのコントローラーを渡すと、ソファーに座っていた沙都子が慌てたように声を上げた。

「わ、私、やったことないから」

「ホントに？　一度も？」

「親がこういうの、うるさくて……」

「じゃあハジク、教えてあげて」

刻がそう言うのを待っていたように、ハジクは元気よく沙都子の手を引いた。隣に座らせ、コントローラーを見せながら熱心に説明している。

「こうやって持って……あー、違う、そうじゃない！」

「え、あ……こう？」

「そうそう、うまいじゃん。本気でやるんだよ」

「はいっ……本気でやります」

大真面目にハジクの指導を受けている沙都子が面白い。初めてテレビゲームに触ると言った言葉は正しかったようで、沙都子は本当に不慣れな様子だ。それでもテレビの中のキャラクターがパンチを受けては慌て、回避しては喜んでいる。

沙都子と入れ替わるようにソファーに移動した茉麻の隣に、刻も座った。彼女は沙都子について何も言わない。興味がないのではなく、ごく自然に迎え入れていた。

彼女はいつもこうだ。ハジクたちと知り合ったのも、数年前に出勤する直前のソフィアが具合を悪くし、廊下にしゃがみ込んでいたところを助けたのがきっかけだった。そ

れまで話したこともなかったが、茉麻はソフィアを部屋に担ぎ込み、おかゆを食べさせて休ませた。その後も、夜に一人で留守番することになるハジクを気にかけ、頻繁に家に招いている。

「あー、今日はホントに客、入んねえなー」

スマホの画面を見て舌打ちする茉麻を、刻はあえて茶化した。

「かわいい子から入ってくんだよ」

「あ？　今、なんつった？　もう食わしてやんないよ」

「いや、それ、俺のセリフな？」

どちらがどれだけ多く生活費を出すか、といった話を茉麻としたことはない。余裕のあるほうが多めに出せばいいだけだ。刻にとって重要なのは彼女との生活を続けることであり、彼女のそばで日々、笑ったり喧嘩《けんか》したり仲直りしたりすることだ。金はあればあるだけよいが、それが茉麻との暮らしを狂わせるようなら、なくてもいい。

改めて言ったことはないが、刻のそうした気持ちは茉麻も分かっているだろう。ぺしんと刻の頭を叩き、茉麻はハジクに声をかけた。

「あー、ハジク、おなかすいたくない？」

……日本語が破綻《はたん》している。「おなかすいたんじゃない？」か「おなかすいたよね」と言えばいいものを。

「うん、すいたー」

「おなかすいたよねえ！」

「ケンタロウ、作れよー」

普段の茉麻を真似《まね》し、ハジクが生意気な口を利く。ケンタロウ、ケンタロウ、と刻をリングに上げる観客のようなコールを左右から浴びせられ、刻は笑った。

「はー？」

「いや、ダメダメダメダメ。だって俺、さっきラーメン食ったもん。全部入り」

「しかも大盛りで。ねえ、さっちゃん」

「そうなの」

顔を見合わせて沙都子と頷き合うと、またもやタッグを組んだ茉麻とハジクから抗議の声が上がった。

「ひどい！　ケンタロウひどい！」

「ひどいねえ！　だーからニンニクくさいのかあ」

「そーでーす」

ぶはあ、とニンニクの臭いを吐き出して迫ると、ハジクがわあわあと声を上げて逃げ惑った。くさいくさい、と笑うハジクに向かって両手を広げ、怪獣のように迫っていると、笑って見ていた沙都子がためらいがちに声をかけてきた。

「もし、さ……もしよかったら作りましょうか？」

「えっ、さっちゃん、いいの？」

「ハジクくん、食べる？　ご飯作ろうか？」

「うん！」

威勢よく頷くハジクの頭を撫《な》で、沙都子は立ち上がった。

台所に案内した茉麻が「冷蔵庫のもん、全部使っていいから！」と声をかけると、軽やかな返事があり……ほんの三十分もしないうちに、沙都子は手際よく料理を作り上げた。

卵焼きに、野菜のおひたし。半熟卵と青菜やコンビーフを載せたインスタントラーメン、と目を見張るような品揃《しなぞろ》えだ。

「これ、ホントに残り物で全部作ったの？」

茉麻が目を丸くする。基本的に、刻たちの食事は毎食、「一品」だ。具材を全て載せた丼モノやラーメンで全て済ませる。今日のように小鉢や副菜のついた料理を家で見るのは久しぶりだ。

自分たちはつい、洗い物が増えると面倒くさい、という思考になってしまうが、沙都子はその手間を惜しまないらしい。

「すごいね、さっちゃん」

心からの賞賛を投げると、沙都子は照れて首を横に振った。

「じゃあ食べようか。いただきます！」

茉麻とハジクが手を合わせ、ラーメンをすする。香ばしい醤油《しょうゆ》の香りが部屋に漂い、ふわりと部屋の温度を上げていった。

「うーん、おいしい～！」

「おいしい、おいしい！　アイスクリームよりおいしい！」

「うわあハジク、どこで覚えてきたの、そんな言葉」

二人の笑い声が弾ける。

「そんなに食べてくれて嬉しい」

沙都子も嬉しそうに二人を眺める。

その光景を見ていたら、刻まで腹が減ってきた。

「一口ちょうだい」

茉麻に手を伸ばすと、サッとラーメンを隠すように手で制された。

「あ、そういうのやってないんで」

「一口くらいいいでしょ」

「えー、やーだ」

「いいじゃんいいじゃん！」

拝み倒して、茉麻の手から丼をかすめ取り、ラーメンをすする。

「うん、うまい！」

「ああーっ、うちの分が！　うちの分が減る！　ひどくない？」

ひどいひどいと茉麻とハジクが声をそろえて文句を飛ばし、それを見た沙都子が笑った。

いつも通りの光景だ。刻が愛し、守っている日常に沙都子は自然になじんでいる。それがなんだかとても嬉しかった。

●イチヤとミユポ

二月の寒空の下、イチヤはミユポの後を追いかけて歩いていた。相変わらず目的地も知らされず、やるべきことも不明のままだ。

……いや、やることはある程度分かってきている。

ミユポはSNSに投稿するため、流行の店に行き、流行の料理と共に写真を撮る。写真を撮り終え、「用済み」となった料理を食べるのがイチヤの仕事だ。

スマホを渡されれば写真を撮るし、万が一彼女が無頼漢に絡まれることがあれば盾になることも望まれているのかもしれないが、それは副次的なものだろう。

ミユポの写真はおそらくSNSでもてはやされているのだ。七万人のフォロワーはミユポが高級なコース料理に舌鼓《したつづみ》を打ち、中華街の屋台を心から楽しんでいると思うに違いない。

だが後ろから見ていたイチヤだけは知っている。ミユポは楽しい体験をしたから写真に残すのではなく、写真を撮るために華やかな生活を演出しているということを。流行に乗り遅れないよう、その上辺だけを追いかけていることを。

それでミユポの人生は充実していると言えるのだろうか。

(俺には関係ない)

何度も自分にそう言い聞かせるが、モヤモヤした感情がなかなか消えない。

せめてミユポが「写真」を撮らせずにいてくれればよかったのだ。あれはいけない。心の奥に封じ込めていたものがあふれそうになる。

ミユポにスマホを渡されても、カメラマンなど務めなければよかった。自分には無理だと突っぱね、ひたすらミユポに自撮《じど》りさせておけばよかった。

イチヤが料理を残さずに食べている限り、その場で契約終了とは言われなかったはずだ。多少文句は言われただろうが、元々イチヤ自身には何の興味もない女性だ。最終的には納得し、自分で写真を撮って満足しただろう。

なのに、なぜ……。

「あ、ここ、ここ」

閑静な街の一角に来た時、ミユポが声を上げた。

公民館のような飾り気のないビルの入り口に、数人の人が集まっている。両開きの扉には「善友トモアキ写真展『不在の気配』」とタイトルの入った大きなポスターが貼られていた。

「え……」

　それを見た瞬間、イチヤは大きく目を見開いた。呼吸の仕方を忘れたような錯覚に陥り、混乱する。

　射すくめられたように立ち尽くすイチヤには気づかず、ミユポが中に入ろうとした。

イチヤは慌ててその腕を掴み、

「なんでここ……え、写真興味あるの？」

「別にないーい。最近、結構流行《はや》ってるから」

「流行ってるって？」

「この人が個展やるって、有名なインフルエンサーが話してたの。なら一応、行っとかなきゃ」

「なんだよ、それ……」

「もー、写真撮ってほしいんだから来てよ」

逆に腕を引かれ、イチヤはひるんだ。吸い込まれるように入っていく客たちから隠れるように顔を伏せ、必死にささやく。

「ここで待ってちゃダメ？」

「………」

往生際も悪く、そう言ったイチヤをミユポは冷めた目で見上げた。そして黙って、一人で建物に入ってしまう。

好きにしたら、と言いたげな態度を取られると、イチヤのほうに迷いが生じる。

（客の求めに応じるのが俺の仕事）

ならば、ついてこいと言われた以上、ついていく必要がある。少なくとも刹那や刻ならそうするはずだ。

「はあ……」

同僚たちの顔が脳裏に浮かぶと、渋々とはいえ身体が動いた。

イチヤが重い足取りで、のろのろとミユポの後を追うと、ビルの一室にはすでに多くの人が集まっていた。受付に座っていた二人の女性が客から招待状を預かり、中を確認しては会場に案内している。

ミユポはお構いなしに突進し、女性たちに堂々と微笑んだ。

「二人で」

「インビテーションはございますか」

「ないでーす」

「オープニングは招待制となっておりまして」

「え〜？」

その反応に、受付の二人は言葉を失う。イチヤも頭を抱えたくなった。

どこから見ても、これは招待制のイベントだ。誰であろうと、素性の分からない者が入れるわけがないのに。

「いいじゃないですかぁ。せっかく来たんだし」

「…………」

「二人くらいよくないです？」

「…………」

「ねー、聞いてます？」

「…………」

女性たちは互いに目配せし、ミユポを無視した。厄介な客は「存在しない」者として扱うよう、主催者から命じられているのかもしれない。

突き刺さるような周囲の視線に耐えきれず、イチヤはミユポの腕を引いた。

「わざわざ入ることないよ。行こう」

「青山《あおやま》くん？」

その時、不意に声がした。優しく、若々しい女性の声。

銃で撃たれたように、イチヤはびくりと身をすくめた。

恐る恐るそちらに顔を向けると、黒い服を着た女性が立っている。ナチュラルメイクを施し、長い髪を一つ結びにした地味な格好だが、それでも彼女は内側から光っているように見えた。

……変わってない、という思いが真っ先に脳裏をよぎった。

最後に会ってからもう何年も経ったのに、彼女は昔のままだ。

「来てくれたんだ……嬉しいよ」

それが社交辞令でないことは、彼女の目を見れば明らかだった。石を投じた水面のようにその瞳が揺れる。心のままに一歩踏み出そうとし……彼女はイチヤの隣に立つミユポに気づいて足を止めた。

「あ……どうぞ」

ニコッと笑うミユポとイチヤの関係をどう受け取ったのかは分からない。ただ受付に目配せすると、女性はイチヤたちを会場に通した。

会場内は薄暗く、重い空気に包まれていた。

あちこちで数人の輪ができ、密やかに会話の花を咲かせている。内容が聞こえるほどの大声ではないため、ざわざわと木々の葉擦れにも似た環境音が部屋全体に響くのみだ。

会場には手のひら大の写真パネルを格子状に組み立てたオブジェや、巨大な紙を一度くしゃくしゃに丸めてから伸ばし、立体的にしたオブジェが置かれている。

通常、写真展では壁にパネルを飾ることが多いが、この会場には何も貼られていない。プロジェクターを使い、何枚かの写真を映すのみだ。

「みんな心配してたんだよ。急に連絡取れなくなっちゃったから」

女性はイチヤにぴったりと並び、熱心に話しかけてきた。

「元気にしてた？」

「うん、今日はたまたま通りかかってさ。……北條《ほうじょう》も見に来たの？」

「私、今、善友くんと一緒にやってるんだ」

「そうなんだ」

一瞬、返答に間が開いた。

自分は彼女の数年間を何も知らない。四六時中共に過ごし、お互いに知らないことはないほどの戦友だった頃もあったのに。

「青山くん、もう写真撮ってないの？　私、青山くんはもう一回、写真撮るべきだと思

うよ」

「ごめん、北條。俺、写真やめ……」

「亜実《あみ》！」

その時、人混みから北條を呼ぶ男性の声がした。

招待客の中から男性が大股で歩いてくる。無造作ヘアで地味な色味のセーターを着た二十代後半の男性だ。姿形は地味だが、堂々とした態度や張りのある声から、彼がこの空間の主役、善友トモアキであると誰もが理解するだろう。

彼は横柄な態度で北條に近づき、

「亜実、先生をほったらかしじゃないか。もっと気を遣って……あれ、青山？」

ぎょっとしたように善友は目を見開いた。顔をこわばらせてたたずみ……結局半笑いで北條に話しかける。

「え、亜実、招待状出したの？」

「だって昔の仲間じゃん。青山くんにもトモアキの写真、見てほしかったの」

北條は訴えるように言ったが、善友は何も言わなかった。

気まずい沈黙が流れる中、何かを振り切るように善友がイチャヤに言った。

「ま、せっかくだから見てってよ」

「いや、仕事があるから……」

「仕事？　青山、今、何の仕事してるの」

「………」

イチヤが答えに窮した時、場違いなほど明るい声が三人の間に割り込んだ。

「ねー、これってリアルな人間ですかー？」

ミユポだ。写真パネルを立体的に組んだオブジェを指さし、彼女は小首をかしげている。

その無遠慮なセリフに善友が眉をひそめた。

パネルの写真はどれもこれも、かなり加工されている。それも旧態依然とした写真家ならば忌避するレベルで、大胆に色彩やコントラストに手を加えているのだ。そのため、飾られている写真は「アート」に近い。

――なぜ、こんな加工をしたのか。

おそらくそれが善友の求める質問だったに違いない。自分の行動に対して質問されれば、彼は意気揚々とその意図を語ったことだろう。

だがミユポは善友には一切興味を示さず、被写体のほうを気にした。

自分自身が無視されたと感じたのか、善友の気配が張り詰める。それを察した北條が間に入り、ミユポにやんわりと問いかけた。

「青山くんの彼女さん？」

「はい、そうでーす」

「……おい」

イチヤが制止のために声をかけたが、ミユポはお構いなしだ。

そんな二人を見比べ、善友は嘲るようなため息をついた。

「彼女なのに、全然知識ないんだ？　普段、そういう話、しない感じ？」

「………」

「まあ、もう写真なんか興味ないかもしれないけど、今、オープニングパーティーやってるから、もしよかったら参加してってよ」

「ありがとうございまーす」

押し黙るイチヤにはお構いなしで、ミユポが礼を言った。彼女の特徴なのだろうが、声は平坦《へいたん》で、まなざしも冷めている。こうもあからさまに「興味がない」ことを相手に伝えるとは。

鼻白んだように、善友はイチヤたちから離れていった。そしてすぐに大勢の招待客に囲まれる。ミユポとは違い、関心の高い人々から鋭い質問を投げかけられたのだろう。善友は機嫌を直し、彼らに対して得意げに何かを語っていた。

「友達なの？」

ぼんやりと善友のほうを見ていたイチヤはミユポに声をかけられ、我に返った。

「いや……昔の知り合い」

そばで聞いていた北條が困ったようにイチヤにささやく。

「何回か連絡したんだよ。全部留守電だったし、折り返してもくれないし」

「悪い」

「招待状送ったのも本当だよ。前の住所に送ったら戻ってきちゃったからご実家に。……届かなかった？」

「えっと、あー……色々あって」

これ以上聞いてくれるな、という意思を込めて、言葉を濁す。「色々」というのは便利な言葉だ。実際に多くの体験をしたかどうかは関係なく、相手の質問を封じる響きを持っている。

目を合わせることすらできないイチヤに、その時一人の男性が近づいた。

「青山くん」

ベレー帽に丸眼鏡。ひょうひょうとした雰囲気だが、まなざしは鋭い。ウェルカムドリンクを片手に、ゆったりとくつろいでいる。

「教授……」

「久しぶりだなあ」

「ご無沙汰《ぶさた》してます」

教授はイチヤと話しながら、北條に身振りで何かを指示した。北條は心得たように会釈し、その場を離れる。

……懐かしい、と思った。

昔は北條の立ち位置に自分がいた。権威ある指導者に従う、従順な付き人のように。端から見ると、かなり滑稽な光景だ。そんなことにようやく気がつく。

「元気にしてるのか」

「ええ、まあ」

「北條くんが連絡も取れないと言っていたが、あれは嘘か。サプライズで現れるとは、やるじゃないか」

「いいえ、今日は本当に偶然で……」

「そうなのか？　北條くんは今でも君のことばかり話しているよ。あの頃、私は君たちが結婚するものだと」

「昔も今も、北條とは何も……」

「ほう、善友が聞いたら喜びそうだな。……最近は写真、続けてるのか」

「……もう写真やめたんです」

「おお、そうか」

一瞬言葉に詰まり、教授は無意味に頷いた。

再び気詰まりな空気が流れる。教授から伝わる空気が急によそよそしいものに変わった。まなざしも、仲間に向けるものから、別世界の人間に向けるものへと。

「君には期待していたんだけどねえ」

「…………」

「善友とはずいぶん、差がついちゃったよな」

とげとげしい言葉に、イチヤは返す言葉もなくうつむいた。

……これだ。この閉塞的な空気こそ、「あの時」自分を包んでいた全てだった。その世界から出たら呼吸ができないと思っていた。だがその中にいてもどんどん苦しくなっていき、ついには我慢できずに飛びだした。

実際出てみて、ようやく分かる。

人は、どこででも生きていける。……窒息するところまでは行かない、息苦しさに慣れさえすれば。

「ねー、これって何を撮ってるんですかー?」

その時、再びミユポが話に割り込んだ。

ミユポが指さしているのは一メートル以上あるオブジェだ。色とりどりの模様のついた巨大な紙を富士山《ふじさん》のような形に整え、会場の真ん中に設置している。

突然話しかけられて驚いたようだが、教授は善友よりは社交的だった。自分も主催者の一人だと主張するように、よどみなく説明し始める。

「これはカラー写真とモノクロ写真を解体し、立体的に構成することで写真表現の再構築をしているんだ。本来、フィルムに手を入れることはタブーとされている。しかしこの作品はあえてソレをすることで、写真の見方を一歩進めようとしている。エラーを取り入れることで本来は再現可能なはずの写真の偶発性・一回性をあぶり出そうとしているんだ。分かるかな？」

「全然分かんない」

「………」

理解する気もない、と言わんばかりの即答に教授が絶句した。

ミユポは悪びれもせず、なおもオブジェを指さして尋ねる。

「これってなんでこんな形してるんですかー？」

「もういいよ。行こう」

耐えられず、イチヤは彼女の腕を引いた。なぜミユポがこんな振る舞いをするのか、分からない。嫌がらせだと思われても無理のない状況だ。

ミユポを連れて外に出て行こうとした途端、会場にマイクの声が響いた。

「ご歓談中のところ失礼します。それでは善友より、オープニングに当たって、ご挨拶《あいさつ》をさせていただきます」

北條だ。

善友と共に活動している、という言葉通り、彼女は今、善友の秘書や助手のような立ち位置にいるらしい。

(もったいないな)

ふとそんなことを考えた。昔、北條はとても柔らかい写真を撮っていた。よく晴れた公園の陽光を、子犬の澄んだ目に映るシャボン玉を、羽を震わせる蝶《ちょう》の起こした風のそよめきを。

そこかしこに「在る」が、一瞬のことすぎて、人々の目には映らない……そんなかけがえのない優しい写真を撮っていたのに。

きっと、それではやっていけなかったのだろう。人々の頭に強烈な印象を残す写真でなければ現代社会では埋もれてしまう。

(でも、あいつはあの世界にいることを選んだんだ)

逃げ出したイチヤに言えることは何もない。

きびすを返そうとした時、ミユポがイチヤの腕を掴んだ。

「聞いていこうよ。友達なんでしょ?」

「だから、昔の知り合いだって」

小声で言い争うイチヤたちのほうにちらりと視線を投げ、善友は壇上に上がった。よく通る張りのある声で、彼は堂々と招待客たちを見回して言った。

「このたび、伝統あるNEM《ネム》ギャラリーで個展を開くことができ、心から光栄に思います。ギャラリーの進藤《しんどう》さん……進藤さんはいますか。ああ、そちらに」

会場の隅にいた男性が小粋にグラスを少し掲げる。それをめざとく見つけ、善友は気取った仕草でぺこりと頭を下げた。一連のやりとり全てが芝居じみている。

「我が師である丸山《まるやま》教授、そしてご支援くださった皆様に心より御礼申し上げます」

先ほどミユポに仰々しい高説を述べていたベレー帽の男性もグラスを掲げる。善友が再び礼を述べると、会場中から拍手が湧いた。

誰も彼もが善友を誇らしげに見上げ、この場の空気に浸っている。

一体感が漂う中、イチヤたちだけが異分子だ。泥にズブズブと沈んでいくような息苦しい感覚に、めまいがする。

暗がりで一人うつむくイチヤにはお構いなしで、壇上脇に控えた北條が澄んだ声をマイクに載せた。

「それでは事前にいただいていたご質問の中からいくつか、私のほうから善友に質問をいたします」

全てが打ち合わせ通りなのだろう。オープニングパーティーはしめやかに進行していく。

「今回の作品は既存の写真の枠組みを超えた芸術作品として、ワンポイント賞でグランプリを獲得していますが、作品のテーマはなんでしょうか？」

「既存の写真表現に対する絶望と、ＳＮＳ写真に対する怒りです」

「といいますと？」

「僕たちは学生時代から、よい写真とは何か、人を感動させる写真とは何かを追い求めてきました。しかし撮影機器のデジタル化とＳＮＳの台頭によって、写真というメディアはその役割を終えつつあります。誰でも簡単にクオリティの高い写真を撮れる時代に、我々写真を志す人間の未来は閉ざされたのです！」

誠にその通りだ、と招待客たちが熱心に頷いた。

（変わらないな）

もう何年も経つというのに、善友は「あの時」と同じことを言っている。

同じ学び舎で、共に時間を過ごした時も善友の口から出るのは愚痴が多かった。インフルエンサーに対する怒り、デジカメやスマホで簡単に撮れ、加工できる写真への怒り。そしてそれらをもてはやす社会への怒り。

ともすれば、それは学生時代に陥りがちな体制批判だ。政治を、社会を、大人を批判し、自分は違うと息巻いている子供。

その意識のまま、善友は今も世間に対して怒っている。周囲にそれを許され、讃《たた》えられ、今も堂々と持論を語っている。そんな日々に違和感を抱いた時点で、イチヤの居場所はここにはもうなかったのだろう。

「仲間やライバルたちも同じように写真に絶望し、カメラを手に取ることを諦めてゆきました」

善友の演説は続く。暗がりにいるイチヤを見つけ出し、挑むようなまなざしを送りながら。

「誰かにただ『いいね』をもらうための写真が世の中に氾濫《はんらん》しています。写真の芸術性は地に落ちました！　それでも我々は諦めてはなりません。今回の作品は、写真という表現を解体し、立体物として再構築することにより、唯一無二の表現を目指しました」

わあ、と招待客から拍手が上がる。

それを満足げに見回し、善友はさらにマイクに口を近づける。

「そして……」

「あのー、一ついいですかー？」

「………」

善友のスピーチを遮るように、突然ミユポが手を挙げた。イチヤだけではなく、会場中がぎょっとする。値踏みするような冷ややかな視線が突き刺さる中、ミユポだけはそれをものともせず、ヘラッと笑った。

戸惑いながらも、ここで声を荒らげるのはスマートではない、と判断したのだろう。笑みを浮かべ、善友は「どうぞ」とミユポに発言を許した。

「それって、『いいね』をもらうための写真はクソってことですか?」

「まあ、クソとは言いませんが……使い捨ての写真がもてはやされる世の中は変えなければならない……と思いますね」

「使い捨てってどういうことですか?」

「消費される写真ということですね」

「じゃあ、これは残るんですか?」

ミユポは会場に飾られたオブジェを指さした。

冷ややかな会場の雰囲気が、一気に熱を帯びた。興奮ではなく、敵意によって。

——唯一無二の写真表現。

善友が作り、世間が認めた作品を批判するのは明らかに禁忌《きんき》だ。世間を批判しながら、世間から認められることを誇る歪《いびつ》さには決して触れてはいけなかったのに。

テーマの危うさにミユポが踏み込んだことにいち早く気づいたか、北條が舞台の隅から穏やかに取りなした。

「あの、人それぞれ感想があるように、表現の仕方も色々あっていいんじゃないでしょうか?」

「じゃあお姉さんはこの作品が残ると思いますか？」

「私は……残ると信じています」

北條の声がわずかに揺れた。心からそう信じているというより、善友の秘書としての義務感から出た言葉に聞こえた。

彼女から百パーセントの肯定が返ってこなかったことが善友のプライドを傷つけたのだろう。ミユポを倒すべき敵と見定めたように、善友は芝居がかった仕草で両手を広げた。

「ここにいる皆さんがこれから証明してくれるんじゃないでしょうか。僕はこの個展で、写真表現の復活を表現したいんです。写真表現という夢を諦めた友人たちの分も！」

「諦めるって悪いことなんですか？」

「おい、やめとけ！」

なおも一歩も引かないミユポに、イチヤはようやく口を挟んだ。今の今まで、圧倒されていて口を挟めなかったといっていい。

キッとミユポがイチヤを見た。

燃えるような強い視線に、一瞬イチヤは言葉を失う。

「だってそうじゃん」

「いいよ。行こう」

痛いほどの視線を背中に感じながら、イチヤはミユポを促して出口へ向かった。だが会場の出入り口にさしかかったところでミユポはなおも会場を振り返り、

「よく分かんないけど、いい写真は『いいね』でいいと思いまーす」

「…………」

まだ言うのか、とイチヤは愕然《がくぜん》とした。

受賞作だろうがなんだろうが、自分が理解できなければ正直にそう言ってのける。会場の一体感などお構いなしで、平気で場違いな発言を続ける。

「……もう」

なんなんだよ、この子は、と思った。

でたらめで厄介で、理解できない。

なのに目が、離せない。

●刹那と灯

刹那が灯と共に病院に向かった時、すでに十九時半を回っていた。面会時間の終了まではあと少しだ。

キリスト教系の病院のようで、受付にいる女性の看護師は皆、白衣に合わせて修道女

のような白いベールで髪を覆っている。

院内は静まりかえっており、刹那たち以外の面会者はいないようだ。

落ち着きがあるというよりは、墓地のような冷たい静けさが建物全体からにじんでいる。終末期医療を主とする施設なのだろう。

「こんばんは、面会に来ました」

硬い表情で挨拶をする灯に対して、受付の看護師たちも心得たような対応だった。面会申込書に記入して手渡す灯に「大丈夫？」と優しく声をかけている。

さて、いよいよだ、と刹那はネクタイを締め直した。

灯が選んだネクタイを身につけ、灯の求める婚約者を演じる。

それが死期にいる母親のためというのだから、気合いを入れないわけにはいかない。

（俺ならできる）

自分にそう言い聞かせる。

それでもやや気になり、刹那は受付の看護師に声をかけた。

「ねえねえ」

「はい？」

「俺たち、婚約者に見える？」

「ちょっと！　やめてください」

慌てて灯に引き剝《ひ》《は》がされ、渋々受付を後にした。

気詰まりな空気ももう慣れたものだ。肩をすくめ、刹那は灯と共に歩いた。

「一晩を演じるのは慣れてるけど、今回は情報量が多すぎる。……あ、一つ」

「なんですか?」

「灯さんのこと、なんて呼べばいい?」

「……?」

「いや、本名。さすがにお母さんの前では、本名を呼ばなきゃおかしいでしょ」

「灯、ですけど」

「…………マジで?」

刹那は思わず素《す》っ頓狂《とんきょう》な声を出してしまった。

まじまじと灯を見つめたが、不審そうに見返されるばかりだ。

(なるほどなあ)

言われてみれば、納得のいくことだった。

デートセラピストというサービスを利用しながら、灯はそうした甘い雰囲気を刹那に一切求めなかった。おそらく「自分の望み通りに演じてくれる男性」を探して、「MY KNIGHT」にたどり着いたのだろう。

それゆえ、本名を名乗ることにも抵抗がなかったに違いない。ズレているというか、まっすぐというか……ほんの少し呆れ、それ以上に面白いと思う。

灯は本当に、店に来る他の客とは真逆だ。

話はそれだけか、と言わんばかりの彼女に、刹那は慌てて声をかけた。

「あ、もう一つ！」

「……なんですか」

「病気のこと、お母さんは？」

「まだ言ってません」

それきり、灯はまっすぐ歩いていく。足取りはまっすぐで、動揺している様子は見られない。だが、その張り詰めた空気そのものが彼女の緊張を表しているようだ。

「ここです」

部屋の前のドアプレートには「稲本佳津子《いなもとかづこ》」と記されていた。

ノックすると、中から女性の声がする。緊張の気配をより一層濃くしながら、灯はドアを押し開けた。

「久しぶり」

「失礼します」

灯に続き、刹那もキビキビとした仕草で病室に入った。

「初めまして、高橋です」

深く一礼し、刹那はにこりと顔をほころばせた。ただ、内心では苦笑する。

(いやあ、これはまた……)

ベッドに上半身を起こしていた佳津子は刹那の声に少しも反応しなかった。白髪《しらが》交じりのセミロングの髪はパサつき、顔には深いしわが刻まれている。縞模様《しまもよう》のパジャマの上から茶色のカーディガンを羽織り、彼女は置物のように微動だにしない。

……なるほど、これは間違いなく灯の母だ、と刹那は妙なところで納得した。佳津子は全身から、拒絶に近い硬質な気配を放っている。

「ごめんね、なかなか来られなくて」

遠慮がちに、灯がベッドに近づいた。実の母親に会いに来たにしては、彼女の空気も硬い。沈黙が重力のようにのしかかってくる。

「メールしたけど、こちらが高橋宏さん」

灯は目で刹那をそばに呼び寄せ、小さな声で佳津子に言った。

「婚約したの」

「高橋宏です。灯さんとは職場で出会いまして、もう二年お付き合いをさせていただいています。今年のクリスマスに式を挙げる予定でして、お母さんが退院されたら……」

「あ、ちょっと」

すらすらと話した刹那を慌てて遮り、灯は一度深呼吸した。

そして母に向き直り、自分から言葉を引き継ぐ。

「お母さんも……」

「久しぶりに顔を出したと思ったら」

今度は佳津子のほうが灯の言葉を遮った。

「私を捨てるって話ね」

「ち、違うよ。私はお母さんに婚約の報告を……」

「男捕まえて、私を捨てて、好きに生きればいいじゃないの」

「ちょっと、あの」

黙って聞いていることができず、刹那は声を上げた。だが、佳津子は刹那を見もしない。じろりと灯をにらみ、ふいっとそらした。

「あんたも私を捨てるんだね。帰って」

あんたも、という言葉に引っかかりを覚えたが、それを尋ねる余裕はなかった。もう話すことはないとばかりに、佳津子は手にしていた本に目を落とす。

明確な拒絶だ。これ以上、灯と話す気はない、という。

母親からこういう態度を取られた「子供」にできることはあるのだろうか。

うつむき、肩を震わせた灯はパッと身を翻《ひるがえ》し、病室から駆けだした。

佳津子に何か言おうとしたが、「なに?」ときつくにらまれ、刹那はひるむ。

結局深々と礼だけして、刹那は灯の後を追った。

夜の病院で灯を見つけるのは容易ではなかった。おそらく建物から立ち去ってはいないはずだと考え、病棟を出た渡り廊下に足を向ける。

夜の北風が吹きすさぶ、寒々しい場所だ。ポツポツと頼りない蛍光灯が灯る中、刹那はベンチにうずくまる人影を見つけた。

まるで迷子のようだと思った。長い間、必死で歩き、ヘトヘトになって途方に暮れている幼子……。ハンカチを目に押し当て、肩を震わせる様子から、灯が泣いていることが伝わってきた。

「なかなかパンチのあるお母さんだったね」

どんな言葉をかけていいかも分からず、やや茶化したように言う。

灯に対しては、かける言葉を間違ってばかりだ。また失敗しただろうかと思ったが、どうやら今回だけは正解だったようだ。

灯は刹那を遠ざけることなく、自嘲気味に呟いた。

「ああいう人なんです。昔から。私が何をしても、うんざりさせてしまうだけで」

「……………」

「自分のために洋服を買っても、いつも母のことが脳裏をよぎるんです。お母さんになんて言われるかなーって。『あんた、これ似合わないよ』とか、『なんでそんな服にしたの』とか」

「もう大人なんだから、好きなもん買って、好きに生きればいいじゃない」

少し迷ったが、刹那は灯の隣ではなく、隣のベンチに座った。婚約者ならば隣に座るべきだろうが、ここは佳津子の目の届かない場所だ。ならば自分と灯に適した距離を取らなければ。

（まー、なんつーか）

刹那は灯が今まで、どんな風に生きてきたのかを知らない。知っているのは今日、出会ってからの数時間だけだ。

ただその間、灯はずっと母のことを考えていた。

母親好みの婚約者を演じてほしいと刹那に依頼し、真剣にネクタイを選び、張り詰めた空気のまま、ここまで来た。そして佳津子とのやりとりを見た今、はっきりと分かったことがある。

（何十年も、ずっとあれか）

……それは想像を絶する「キツさ」だろう。

今、ようやく刹那は灯のことが分かった気がした。

そして自嘲気味に思った。今、灯のそばに自分がいることは必然だったのかもしれない、と。他の誰でもない、刹那がここに居合わせたことに何か意味がある気がした。

「小さい頃、デパートでかわいい服を見つけて、駄々をこねたことがあったんですよ」

「ああ、子供ならやるよね」

「いつもなら『みっともない』って叱られるんですけど、その時は違っていて。『じゃあ、あんたの好きなの、選んできなさい』って置いていかれたんです」

「ふうん?」

「叱られなかったのに、ものすごく不安で。どの服を手に取っても、お母さんの顔を思い浮かべちゃって。……それまで結局、自分で何も決めたことなかったから」

「選べなかった?」

「……はい。それで泣いちゃって。そしたら戻ってきたお母さんに『あんたはそうよね』って言われたから……私はそうなんだなあって、思って……」

自分を責めるように発する言葉の一つ一つが、改めて灯自身を傷つけている。

レストランで出会った時、ドリンクすらも決められなかった彼女の様子を思いだす。頭に銃口でも突きつけられているように必死にメニューを凝視しているように見えたが、あれは刹那の勘違いではなかったようだ。事実、灯は「何かを選ぶ」という行為に対し、常に殺されるほどの緊張感を覚えていた。

きちんとした教育を受けている女性だと思った。姿勢もよく、言葉遣いも丁寧で、礼儀もわきまえている。高校で教鞭《きょうべん》を執っているのだから頭もいいのだろう。

だがそれでも、灯は少しも幸せそうではない。陸上の生物が水中に引きずり込まれて育てられたのかと思うほどに、彼女は今にも溺れ死んでしまいそうに見える。

「好きな飲み物も、ネクタイも……一緒にいる人だって、選べ、なくて。お母さんに何を言われるか……ばっかり、気にしちゃって……」

灯はうなだれ、ハラハラと涙を流した。

「でも、安心してほしくて……でも、全部、む、むだで……っ」

「親ってクソだよな」

思わずこぼれた本音に、灯が自嘲気味に笑った。

「……き、嫌いに、なれればいいんですけどね」

「俺は嫌いだけどね」

「そうなんですか？」

「まあ、ずっと会ってないから、灯さんたちとはまた違うんだろうけど」

そういえば、灯に自分のことを話したことはなかったな、と刹那は思った。灯だけではない。他の誰にも話したことはない。同じ職場で苦楽を共にしている刻にもイチヤにも弘毅にも。

同情されるのはごめんだ。安易に「分かるよ」と同意されたくもない。

「今日は変なお願いをして、申し訳ありませんでした」

無理に刹那から話を聞きだそうとはせず、灯はバッグから封筒を取りだした。出会った頃のとっつきにくさはなくなったが、それでも彼女が刹那によって救われたとは思えない。

彼女から漂っているのは「諦観《ていかん》」だ。

余命わずかな母のためにできることを必死で考え、少しでも喜ばせたい、と焦って起こした行動が、母の心には少しも届かなかったのだ。

それは確かに見当違いな暴走だったのかもしれない。母の心理を読み間違えた結果、空回りしただけなのかもしれない。

少なくとも灯はそう考えている。そして自分の行動を恥じ、悔いている。

依頼主である彼女が「ここまで」だと見切りを付けた以上、刹那の仕事は終了だ。

（けど）

自分たちの雇用主である弘毅は常々言っている。「世界を救ってこい」と。

それは人口何十億という話ではない。依頼主の心という、小さいが唯一無二の世界の話だ。

癒える暇もない速度で傷つけられ、膝をつきかけた依頼主の心を救う……。

そのために自分たちが存在している。

(そのはずや)

完璧ではない。むしろ欠けているところのほうが多い。自分もまた、この心との向き合い方も分からない。

そんな状態で弘毅に「拾われた」時、彼は刹那に「他者を救え」と言い放った。

他人の傷を癒やし、世界を救うことできっとお前自身も一歩踏み出せるはずだと。

正直、あのセリフの意味はまだ分からない。邪魔だ、足手まといだ、お前さえいなければ、産むんじゃなかった、と言われた記憶しかないのだ。

それが間違いだと証明してやる、と心に言い聞かせて生きてきた。

ならば今、差し出された封筒を受け取るわけにはいかない。

「今日、俺、灯さんの婚約者だよね？」

困惑した顔で灯が首をかしげる。

「……そう、ですけど」

「じゃあ、お母さんに好かれないとダメだよね。ちょっと待ってて」

「え？」

驚く灯をその場に残し、刹那は来た道を引き返した。

【5】

●刻と沙都子

優しい客人が来て、はしゃぎすぎたようだ。すやすやと眠るハジクに沙都子と茉麻がそっと毛布をかけている。穏やかな寝顔を眺め、ふふふ、と顔を寄せ合って笑う二人はまるで仲のよい姉妹に見えた。

台所で三人分のコーヒーを淹《い》れ、刻は静かに二人を呼んだ。

「さっちゃん、よかったらコーヒー飲んで」

「ありがとう」

「茉麻も」

「ん」

ふわりと芳醇《ほうじゅん》な香りを堪能し、一口飲んだ沙都子がうっとりと目を細める。

「おいしい」

「昔、カフェでバイトしててさ。コーヒーだけは今もちょっと贅沢したいんだよね」

「カフェで働いたこともあったの？」

「ま、色々あって、色々やって、ここに落ち着いたんだけど」

「あ、ケンタロウ、豆代立て替えてるから、後でちゃんと返してよね」

「はいはい」

遠慮のない茉麻に肩をすくめて返事をする。口の減らない彼女を軽くあしらっていると、そんな自分たちをジッと見ていた沙都子がぽつりと呟いた。

「いいなあ」

「え、何が？」

「なんか……この空間が」

「なんもよくないよ。狭いし汚いし、いつ崩れるかって感じだし」

茉麻が笑いながら混ぜ返す。

「つか、さっちゃんってあれでしょ？　タワマン暮らしでしょ？」

「……うん」

「私、タワマンに住むの、夢なんだよね〜。やっぱ夜景とかすごいの？　家の広さ、ここの何十倍？」

興味津々といった様子で根掘り葉掘り質問する茉麻に、沙都子は少し困った顔をした。

色々と答えを探したようだが、結局うつむいて寂しく笑う。

「塔のてっぺんにひとりぼっち」

「えっ、なに、さっちゃん、不幸なの!?」

茉麻が身を乗り出す。

「DV？　浮気!?」

二つ目のほうに、正解だというように沙都子は小さく頷いた。まるで浮気される自分のほうが恥だというようにうなだれて。

「私が悪いの。私が……世間知らずで、何もできないから。……そう思って、全部我慢してきたんだけど」

分からなくなっちゃって、と沙都子は苦笑した。

どういう言葉をかければいいのかと迷う刻とは違い、茉麻は呆れるほどにシンプルだった。

「別れればいいじゃん！」

「茉麻」

なんでお前はそうなの、と呆れるが、茉麻はお構いなしだ。沙都子の親友かと思うほどの熱心さで身を乗り出しつつ、今更のようなことを口にする。

「だって……いや、そもそもあなたは誰ですか？」

「……それ、聞くの遅いでしょ」

「ケンタロウは黙ってて！　……一人でこんなトコまで来て、顔だけの男の家に転がり込んでさ。ゲーム下手で、残り物でむっちゃおいしいご飯作って……ワタシ的には何者〜？　って感じなんだけど」

「私、何者なのかな……」

「考えたこと、なかったの？」

「茉麻」

辛辣《しんらつ》すぎる恋人に声をかけるが、刻もまた、彼女の言葉で改めて気づくところがあった。

身なりがよく、風俗を利用したこともなく、高層ビルの上階に住む、絵に描いたような富裕層の主婦だ。どんな悩みを口にしても「贅沢」だと呆れられ、どんな夢を描いても「今の暮らし以上に望むものなどないはず」と決め付けられそうだ。

そうした生活の中で少しずつすり減り、沙都子自身も自分の在りようを見失ってしまったのだとしたら……。

(俺になりたがったのも、もしかしたら)

そもそも「自分」が分からなかったせいかもしれない。

「分かった！　一発殴《なぐ》ればいいよ！」

　名案を思いついた、と言わんばかりに声を上げた茉麻に、刻は肩を落とした。目を丸くする沙都子に同情する。

「茉麻さあ……飲んだでしょ」

「飲んでない、飲んでない！　でもそういうことでしょ。さっちゃんさ、旦那を一発殴ればいいよ。そしたら分かるよ。さっちゃんが本当は何者なのか」

「ふふ、分かるかな」

「分かる分かる。ほら！」

　パッと立ち上がり、茉麻は両手を前にかざした。ミットを持ったボクシングのトレーナーが乗り移ったかのようだ。

　勢いに任せて沙都子を立たせ、「ほら、ほら！」と茉麻は彼女を急かす。これはもう、付き合わない限り、終わらない勢いだ。

　やってあげて、と刻が肩をすくめると、沙都子が素直に頷いた。

「えっと……えい」

「もっともっと！　ほら、ワンツー！」

「わ、わんつー」

「んあ……？　刻、どうなの、今の」

「いやあ……」

急に振られても、コメントに困る。飼い主の手にじゃれるチワワか何かのようだ。

言葉を探す刻に、茉麻も大真面目にうなった。

「迫力ゼロ！　ちょっとかわいいよねえ」

「もう一回やってみなよ、もう一回」

「来い、さっちゃん。ほら、ワンツー！」

「わんつー」

ぺちぺち、と茉麻の手を拳で叩く沙都子を見て、刻は閃《ひらめ》いた。

「あ、分かった。腰が入ってないんだ。もっとこう、打つ時に腰を入れる感じで」

「や、やってみる。……ワンツー」

「おっ」

一度のアドバイスで、少し威力《いりょく》が増した。「小型犬のお手」から「子供のパンチ」くらいには。

「ワンツー、ワンツー……！」

ぺちんぺちんと熱心に茉麻の手のひらに拳を打ち付けるたび、沙都子のパンチはぐんぐんとよくなっていく。

（一度アドバイスしただけなんだけど）

……思った以上に筋がいい。

これは沙都子の性格だろうか。

素直で、真面目で、熱心。

勘がよくて、集中力もある。

ゆえに人のアドバイスをよく聞き、実践できる才能の持ち主だ。

だがだからこそ、悪意のある者の声も、沙都子は素直に聞いてしまったのかもしれない。

——女性は男性の三歩後ろを歩くべし。

——女性は決して出しゃばらず、男性の引き立て役に徹するべし。

——女性は賢さをひけらかさず、夫とその実家の色に染まるべし。

ゾッとするほど古い考えを持った者たちに囲まれ、沙都子はその考えを吸収するだけ吸収してしまったのかもしれない。

「いいよ、いいよ、その調子！」

どんどん威力の乗っていくパンチを繰り出す沙都子に刻と茉麻は熱心な声援を送った。

「そうそう、いいよ！　……で、打ったらすぐ拳を引く」

「分かった。……打ったらすぐ引く。……ワンツー！」

パン、パン、と小気味のいい音が響く。もう最初のように、小犬がじゃれているようだとはとても思えない。

「オッケー！　じゃあ次は、ワンツー、で、キック！」

「え……っ、キック？」

「そこまで教えるの、ケンタロウ」

　ケタケタと笑いながら、茉麻も楽しそうに付き合っている。二月だが、暖かい部屋の中だからだろう。額にはうっすらと汗をかいている。

「さっちゃん、ガードガード！　ケンタロウをやっつけろ！」

『タスケテ！』

「……え？」

　その時、どこからか悲鳴が聞こえた。ハッと三人とも動きを止め、耳をそばだてる。

「…………」

　痛いほどの沈黙が流れるが、すぐに先ほどの声が錯覚ではなかったと証明するように、ガン、と荒々しく騒音が上がった。

　そして女性の悲鳴と、再び助けを求める声が。

「ソフィアだ！」

　茉麻が焦ったように声を上げた。

「ハジクのお母さん？」

　すっかり仲良くなった男の子を振り返り、沙都子も顔をこわばらせる。

刻は頷き、ドアを開けて外廊下に飛びだした。先ほどの悲鳴はただ事ではない。

「ソフィア、大丈夫か！」

廊下に出てきた刻たちを見つけ、顔を赤く腫《は》らしたソフィアが駆けてきた。保護するように部屋に迎え入れ、刻は慎重に廊下を見回す。その後ろで、ソフィアが泣きじゃくりながら茉麻にすがりついた。

「タスケテ！」

「ソフィア、どうしたの!?　あんた、仕事じゃ……」

「アノ男！」

ガクガクと震えながら、ソフィアは背後を指さした。

その時、刻を押しのけるようにして、初老の男性が部屋に怒鳴り込んできた。頭の天《てっ》辺《ぺん》は禿《は》げていて、側頭部の髪やあごひげは白い。だが老いの気配は見られず、筋骨隆々とした彼はギラギラと暴力的な空気を迸《ほとばし》らせていた。

「あんた、まだソフィアにつきまとってるの!?」

ソフィアをかばい、茉麻が気丈に老人を怒鳴りつけた。

「出禁になったって聞いてるよ！　出てかないと、警察呼ぶからね！」

「うるせえ！　こっちは金払ってんだよ！」

「金でなんでもできると思ってんじゃねえよ！」

パン、と乾いた音が響いた。

茉麻が老人を平手打ちしたのだ。

だが、女性の平手打ちなど、彼には蚊に刺された程度も効いていない。燃えるような怒りを込めた目で茉麻をにらみ、老人は彼女に詰め寄った。

「殴ったな、おい！　客に手ぇあげてんじゃねえぞ、この野郎！」

「あんたのほうが先に……きゃあっ！」

「正当防衛だよな、これ！　なんだよ、この野郎！　ジャマなんだよ！」

ためらうことなく巨大な拳を握り、老人は茉麻めがけて振り下ろそうとした。

「やめろ！」

刻は必死で二人の間に割って入った。老人を引き剝がし、茉麻を逃がす。刻の思いを汲《く》み取《と》り、茉麻はソフィアの手を摑んで部屋を飛びだした。

そちらに気を取られたのがまずかったのだろう。視線をそらしてしまった瞬間、刻は思い切り殴り飛ばされた。

「うあっ」

目元からこめかみの辺りに激痛が走る。ドアの外まで吹き飛ばされ、刻は廊下に積み重なる洗濯物や雑貨の山に突っ込んだ。

騒動を聞きつけて眠りから覚めたハジクが悲痛な泣き声を上げ、沙都子がなだめている。「大丈夫だからね」と優しくその頭を撫でる声も震えていた。

（早く）

起き上がらなくては、と思うが、殴られた衝撃でめまいがひどい。ぐらぐらと揺れる視界の中で、廊下に出てきた老人が茉麻たちを追い詰めるのが見えた。

「来い！」

「く、くるな！」

ソフィアをかばい、茉麻がそばにあった洗濯物や小物を投げつけるが、老人は全くひるみもしない。乱暴に茉麻を突き飛ばし、老人はソフィアを引きずって、どこかに連れ去ろうとし……。

「うぐっ」

バンッと急に感電したように、老人が硬直した。

「え？」

刻はきょとんとして顔を上げた。

部屋でハジクをなだめていたはずの沙都子が廊下に飛びだし、老人の真っ正面で拳を突き出している。正拳突きのポーズで止まっているが、まさかこれは。

「……て、テメエ、何……ぐぎゃっ」

ふらふらとよろめきながら老人がすごもうとした瞬間、スッと腰を入れて右手を引いた沙都子が手本のような鋭さで、二発目を放った。

「……っ！」

老人の不格好な鼻から血が噴き出す。次の瞬間、彼の目の焦点《しょうてん》が定まらなくなり
……老人は白目をむき、どうっと後ろに倒れた。

「え……」

「さっ、ちゃん……？」

刻と茉麻、ソフィアの唖然とした視線を一身に受け、沙都子はゆっくりと拳を戻した。

そして次の瞬間、夢から覚めたように目をしばたたく。

「あっ、なぐっちゃった……！」

「いや、殴っちゃった、って」

「いったぁ……っ」

沙都子の右拳はすり切れ、血がにじんでいる。今まで人を殴ったことなどなかっただ
ろうから当然だ。柔らかく、白い指の関節に赤い傷が刻まれている。

だがそれは、刻が今まで見たどんな傷よりもかっこよく見えた。

「おばちゃんの勝ちーっ！」

部屋から飛びだしたハジクがキラキラした目で沙都子に抱きついた。

その目はまるで正義のヒーローを見るように輝いている。

そんな沙都子を見上げ、まるで助けてもらった一般市民のように、刻は惚《ほ》れ惚《ぼ》れとため息をついた。

「すごいね、教えたパンチ」

まさかここまで実用性があろうとは。

●イチヤとミユポ

雑居ビルの屋上は真っ暗で、静まりかえっていた。

隣のビルの壁に設置されたネオン管だけがギトギトした光を放っていて、屋上をかろうじて照らしている。

「何、ここ？」

物珍しそうに見回すミユポに、イチヤは肩をすくめた。

「一人になりたい時、よく来るんだよ」

「ふーん、入っていいの？」

「まあ、注意されたことないし」

今にも崩れそうな雑居ビルだ。オーナーが誰なのかも分からないし、管理人も見たことがない。イチヤがここで時々ぼんやりしていたからといって、困る者はいないだろう。

変なことを気にするものだとイチヤはミユポを見つめた。つい先ほど、大暴れしたことを忘れてしまったのだろうか。

（前代未聞だろ、あんなの）

新進気鋭の写真家のオープニングパーティーで、その芸術性を否定するような質問をぶつけ、最後に捨て台詞《ぜりふ》を吐いて立ち去ったのだ。

あの後の会場の空気を想像するだけで、イチヤは胃が痛くなる。

だが不思議と、すがすがしさも覚えていた。

（あんなに簡単だったのか）

耐えられないほど息苦しくて、身動きが取れなくて、もがいて、うめいて……結局逃げ出すことしかできなかった空間を壊すのは。

「おなかすーいたー」

当の本人は自分のしでかしたことを忘れてしまったように、適当な台の上に腰を下ろしている。そしてイチヤに持たせていたビニール袋からテイクアウトした牛丼を取りだすと、おいしそうに頬張り始めた。

「食べないの？」

無邪気に聞かれ、イチヤは肩をすくめる。

「もう散々食べたから」

「そういやそっか。イチヤさんって意外に小食？」

「俺は普通だって」

そっかそっか、とミユポは何がおかしいのか、くつくつと笑っている。会話自体に意味はなく、軽やかでカジュアルで、多分一時間後には内容も忘れてしまうだろう。

これがミユポの生きている世界なのだろうか。

――いい写真は『いいね』でいいと思いまーす。

「…………」

あの一言を聞かなかったら、多分そう思い込んでいただろう。自分とは住む世界も、感覚も違う、宇宙人のような若者だ、と。

「どんな写真撮ってたのー？」

今までの会話と同じトーンでミユポが尋ねた。だが予感がした。多分この会話は、当分忘れられない。

「あいつらが言ってたような、時代遅れの写真だよ」

「ふーん、そんなこと言ってたっけ？」

「もう忘れたの？」

「だってあの人たち、よく分かんないことばっか言ってたじゃん。イチヤさん、内容、ちゃんと分かってたんだ？　すごいね」

「ふっ……」

思わずイチヤは吹き出した。

善友が滔々《とうとう》と語ったこと、教授が誇らしげに語ったこと。

写真表現がどうとか、再構築がどうとか、写真の芸術性がどうとか……確かに今、思いだそうとしても、何もかもがぼんやりしている。

――いい写真は『いいね』でいいと思いまーす。

ミユポの声は、耳の奥から消えないのに。

「んー、おいしぃ！」

よほどおなかがすいていたのか、ミユポの手は止まらない。

飲み物のように牛丼をパクパクと口に運び、おいしいおいしいと頰張っている。

金額的には、コース料理のほうが遥かに高い。

おいしさでは、人気店の小籠包のほうが格別だろう。

それらをイチヤに押しつけ、安さが売りの全国チェーン店で買った牛丼を食べているのは一見、矛盾《むじゅん》しているように見える。矛盾というか、もったいない、だろうか。

……どこでも食べられるものなど後回しにし、高価なものや希少性の高いものを率先して摂取するべきだ。そうした豊かな生活こそが豊かな人生を生む。インスタントな体験で満足するような人生は貧しく、それがもてはやされる世間は誰かが正さなければならない。

（どっかで聞いたような話だ）

この「食事」を「写真」に置き換えれば、あのＮＥＭギャラリーで善友が述べていた高説そのものになるのだろう。

「イチヤさんはさ、あの人の写真、どう思ったの」

牛丼を食べながら、ミユポが尋ねた。

「どうだろうね」

「言いたいことあるなら、言ったほうがいいと思うよ」

「俺は写真を捨てた身だから。……なんも言う資格ないよ」

「あ、そういうナイーブなのはキモいわ」

「…………」

本当に一筋縄ではいかない女性だ。

「私とか、台南小路で会った子たちがなんでインスタに写真を上げるか、分かる？」

「別の人生を生きたいんじゃないの？　夜景の見えるレストランでディナーして、そうかと思えば、屋台で流行の小籠包を食べて、写真展で芸術を理解する、みたいな。……だから俺みたいなのを雇って、食べきれないものは食べてもらってまで、別の人間を演じてる、とか……」

「違う違う、全然違う」

「どう違う？」

困惑するイチヤをカラカラと笑い飛ばし、ミユポは察しの悪い兄に常識を説く妹のように言った。

「どっちも自分なんだよ。今、ここにいる自分も、インスタの中の自分も、同じ自分なの」

「同じ……本当に？」

「そうだよー。……あのねえ、私、バレエやってたんだ」

急に話が飛んだ気がした。

それでもミユポの中ではつながっているのだろう。黙って先を促すイチヤに、ミユポはふっと笑った。

「結構真剣にやってたんだよ？　でもいつからか楽しくなくなっちゃって……それでやめちゃった。でもそんな時、なんとなく撮った写真をインスタに上げたら、めっちゃ『いいね』がついて。……まあ、それが嬉しかったんだよね」

「どんな写真だったんだ？」

「んー、ふつー？　あの時は全然加工とかも知らなかったから普通のやつ。今まではずっと夜遅くまでバレエやってたけど、やめてから久しぶりに夕日を見たから撮っただけ」


……いい写真だったから、沢山の『いいね』がついた。

驚くほど単純なことだ。小難しく芸術性を語り、自分たちの表現に目を向けない世間をさげすむ芸術家よりも、ミユポたちは遥かに先を行っている。

伸びやかに、健やかに、自分の心に正直に。

善友はこんな若者に対抗意識を燃やしていたのか、と初めて気づいた。

彼女たちは善友など見てもいないのに。

「ああああああっ！」

衝動的にイチヤは高らかに吠《ほ》えた。

夜空に届くほどの大声に、隣にいたミユポが目を丸くしている。

おもむろに立ち上がり、イチヤは大きく息を吸った。数年ぶりに呼吸の仕方を思いだしたような気がした。

「吹っ切れたぁ」

「え、なになになに？」

きょとんとして見上げてくるミユポの目に、イチヤが映っていた。ビューラーでまつげを思い切り上げ、つけまつげとアイライナーで華やかに彩ったミユポの目の中で、イチヤは笑っていた。

「やっと目が合ったね」

「は？」

「ずっとスマホばっかり見て、インスタにしか興味ないって思ってた。ちゃんと目の前のことも見ろよって」

「うざっ」

牛丼を台に置き、ウサギのように跳ね起きたミユポが拳を放ってきた。思ったよりもしっかり体重の乗ったパンチに、イチヤは目を丸くする。

「何それ、ボクシングでもやってんの」

「やってるよ」

「人気のインスタの人の影響？」

「うざっ」

インスタの人って何、と噛《か》みつきながら、ミユポは次々とパンチを繰り出してくる。左ストレート、ジャブ、アッパー。かなり巧みだ。

「負けないよ」

こちらはこちらで、本格的に学んでいるのだ。こういう商売なので、いつ、どんな危険に巻き込まれるか分からない。そんな時、自分と依頼主を守れるくらい強くなれ、と弘毅に言われ、プロのトレーナーに指導を受けた。

役に立つ時もあるし、立たない時もある。

それでもこれは古巣を飛びだし、何も持たずに横浜の街をさまよっていた自分が得た武器とも言えた。

全てをなくしたと思っていた。自分にはもう何もないと思っていた。

それでもそんなことはなかったのだとようやく気づけた。

「延長できる？」

手のひらをミットに見立て、トレーナー役を買って出ていたイチヤに、突然ミユポが言った。

何の話だと首をひねりかけ、仕事のことだと遅れて気がついた。いつの間にか、すっかり仕事のことを忘れていた。

「写真撮りなよ、イチヤさん。あんな時代遅れの人たちと比べてないで、いいと思った写真、撮ればいいじゃん」

「……………」

「私がモデルになってあげる。ほら、行くよ！」

言うやいなや、ミユポはパッと身を翻した。

蝶のような軽やかさに、イチヤは目を奪われる。そして苦笑しながら、慌てて後を追った。ミユポが屋上に残した食べ残しの牛丼に気づき、慌てて袋にしまいながら。

「なんであの人、やったら全部やりっぱなしなんだよ……」

そんな愚痴を吐く自分が、なんだか妙におかしかった。

●刹那と灯

静まりかえった病院の廊下を戻り、刹那は深呼吸してから病室のドアを叩く。反応はないが、存在感のある重い空気が流れ出てくる気配があった。

「入ります」

一声かけ、刹那はドアを開けた。

手元の本に目を落としていた佳津子がじろりと刹那に目を向ける。厳しく、突き放すような視線だ。幼い頃からこんな風に見下ろされて育てられたら、灯が萎縮《いしゅく》するのも無理はない。

「失礼します」

「なに」

「お母さん」

「他人に『お母さん』なんて言われたくないわよ」

とりつく島がないとはこのことだ。

少しだけ、胸中がざわめく。

……威圧的な態度の大人は嫌いだ。暴力で、雰囲気で、子供を脅《おど》し、従わせようとする大人は本当に信用ならない。

「いえ、僕は灯さんの婚約者ですから」

「私の名前、言える？」

「稲本……佳津子さん」

病室のネームプレートを思いだしながら答える。合っていたようで、佳津子は密かに眉をひそめただけで顔を背けた。

「僕は同じ職場で灯さんと出会い、二年間お付き合いしてきました。お母さんがお一人で灯さんを育ててきたことも尊敬しています」

「どうして今日初めて会った人に尊敬されなきゃいけないの」

「……？」

とげとげしいが、何かが少し変わった気がした。

佳津子の言葉はきつく、友好的とはとても言えない。しかしそれでいて、彼女は刹那に返答を求めていた。「私の名前を言えるのか」「なぜ初対面の人に尊敬されなきゃならないのか」と。

灯に対してはあれほど「私を捨てるんだね」「出て行って」と拒絶の言葉ばかりを吐

き捨てていたというのに。

（対話を）

望んでいるのだろうか。今日、初めて会った刹那に対して。

それを察し、刹那はわずかに肩の力を抜いた。佳津子がそういうつもりなら、少し攻め方を変えてもよさそうだ。

「まあ、そうですよね。親子だって他人みたいなもんなのに、結婚相手の親なんて完全な他人ですよね」

人によっては、喧嘩を売っているのかと怒りだしても不思議ではない。

現に刹那は喧嘩を売るつもりでそう言った。

……佳津子を怒らせ、本音を引き出す。そうすることで見えてくるものがあるはずだ。

「あなた、ご両親は？」

「あ、ちょっと座っていいですか？」

「……ええ」

「ありがとうございます」

佳津子の質問に直接答えず、コートも脱がずに椅子に座る。

それでも佳津子は怒ることはなかった。

おや、と刹那はわずかに意外に思う。灯から聞いていた、佳津子の前情報とは少し違う。育ちが悪く、よく喋る男は嫌いだと聞いていたが、むしろ不遜《ふそん》な態度を取り始めてからのほうが佳津子の空気からトゲがなくなっている気がする。

首をかしげながらも、利那は話しだした。これは全て、本当のことだ。誰にも言ったことはなかったが。

「うちは、小学校の時に父親が出て行きました」

「…………」

「それから男が何度も変わって、そのたびに知らない奴《やつ》の顔色をうかがわなきゃならなかったから、今も親がなんなのか……。というか、自分のこともよく分かんないです」

「お母さんは？」

「縁を切りました。最後にいつ会ったのかも覚えてないですね。今も男とどっかで生きてるみたいだけど」

「……そう」

「灯さんはお母さんのことばっかり話すんですよ。俺にはその感覚が全然分からないんで、親ってどんなものなのか知りたくて。……お母さんに早く会わせてもらいたかったんです」

「ちょっと付き合って」

少し間を置き、唐突に佳津子が言った。困惑しながらも手を貸す利那を支えに、佳津子はわずかにふらついたものの、自分の足で立ち上がる。そして思ったよりも気丈な足取りで病室を出た。

「どこに……って、えっ？」

後を追った刹那の前で、佳津子は廊下に設置されていた消火器ボックスを勝手に開け、中から煙草の箱とライターを取りだした。そしてそのまま手慣れた仕草で廊下の窓を開け、煙草に火を付ける。

「いいんですか？」

思わず尋ねてしまったが、佳津子は堂々としたものだ。言い訳をする気配もなく、刹那に煙草を差し出してくる。

「あ、自分、煙草吸わないんです」

「本当に？」

「はい」

それは嘘だが、さすがに死期の迫る病人の前で煙草を吸う気にはなれない。たとえ病人本人がうまそうに煙草をふかしていても。

刹那をじろりと一瞥しつつも、佳津子は無理に勧めようとはしなかった。ふう、と長々と煙を吐き出し、佳津子は真っ暗になった外の景色を見つめている。夜風が冷たいだろうに、あまり気にする様子はない。

「私が煙草を吸うってあの子は知らない」

「そうなんですか？」

「あなたの言う通り、親子っていっても結局は他人ってことね」

再び沈黙が落ちた。思ったよりは悪くない静寂だ。今の佳津子とは会話が成立する気がする。

「あの、他人として聞いてもいいですか」

「なに」

「灯さんが結婚するということはお母さ……佳津子さんにとって、悪いことなんでしょうか」

佳津子はふいっと顔を背け、再び煙を吐き出した。

「ダメだね」

「どうしてですか」

「あの子は親離れしなきゃいけないの」

「それなら、なんであんなこと言ったんですか？　親離れさせたい親が『自分を捨てるのか』って聞くなんて、矛盾してませんか」

「出て行った夫にそっくりだよ、あんた」

嫌そうに佳津子は言った。

「口先ばっかり達者で、人の顔色をうかがってばっかり。あんたみたいな男だったよ」

「……?」

佳津子の言葉に首をひねる。

——音を立てて水を飲んだりはせず、眼鏡はかけておらず、地味なネクタイを締めた寡黙な教師。

おそらくそれが灯の父の特徴だったはずだ。灯は母親を安心させたい一心で、父に似た男を刹那に演じてもらおうとしていた。

灯は父親を「喋らない男性」だと捉えていたが、佳津子にとって夫は「口先が達者で人の顔色をうかがう男性」だったということだろうか。

母子の間でも、こうして家族の見え方は違う。それでも懸命に母の期待に応えようと悪戦苦闘していた灯の努力を、刹那は尊いものに感じた。

「出て行った旦那さんに僕が似ているから、結婚を認めてくれないんですか?」

「違う」

「じゃあどうして?　灯さんはお母さんの期待に応えようとしてるじゃないですか」

「それがダメなのよ」

「分かりません」

「私があの子の結婚を認めたら、あの子は一生、私から逃れられなくなるからよ」

「どういうことですか」

「あんたたちが恋人同士？　嘘が下手なのよ、あんたもあの子も」

「…………」

言葉を失った刹那を見て、初めて佳津子は岩のように固い目元を得意げに細めた。してやったり、と言いたげに。

だがその表情をすぐに隠し、佳津子はグッと強い目で夜空をにらんだ。

「時間がないのよ。私とあの子は。あの子は親離れしなきゃいけないの。私が死ぬ前に」

「……ご存じだったんですか」

「当たり前でしょう。出てった旦那そっくりのあんたを連れてきて、それで私が喜ぶって？　ねえ」

「すみません」

「なんであんたが謝んのよ」

「いや、なんか……」

佳津子が命がけで灯に親離れを促そうとしている時に、それを台無しにしかねない計画に乗ってしまったことを、だろうか。

不可抗力だという気持ちもあるが、そんな言い訳はとてもできない。

まごつく刹那を一瞥し、佳津子は煙草の煙と共にぽつりと呟いた。

「死ぬって分かってから気づくことが多すぎるのよねえ。人生って」

「気づくこと、ですか」

「よかれと思って……みたいなこと。『あんたはそれを選んだのね、いいじゃない』って……なんであの時、言ってあげられなかったのかしらね」

呟いた佳津子の声は小さく、刹那にはよく聞こえなかった。

だが佳津子が誰を思い、誰に向かって言ったのか、だけは分かる気がした。

「会っておきなさいよ」

「え？」

ややあって、佳津子はおもむろに刹那に向き直った。

不遜でとっつきにくくて、面倒くさい女性の顔で。

芯が強く、自分を曲げず、娘を守って立ち続けた母の顔で。

「お母さんが生きてるうちに。喧嘩でもなんでもしたらいいのよ。死んだ後じゃできないんだから」

「……やっぱり一本もらっていいですか」

ずいぶん悩んでから切り出した一言に、佳津子は持っていた煙草を差し出した。

【6】

●刻と沙都子

静かな道を、刻と沙都子はゆっくりと歩いた。

とんでもないひとときを過ごしたからか、身体は重く、疲れている。刻は殴られた頬が、沙都子は殴ってしまった拳が痛み、お互い、散々な有様だ。

だがそれでも悪くない気分だった。隣を歩く沙都子もすっきりした顔をしている。

「ソフィアさん、大丈夫かな？」

色とりどりのグラフィティで飾られた短いトンネルの中で、刻は沙都子に頷いた。

「うん、茉麻からＬＩＮＥがあって、しばらくは仕事に出られないだろうけど、その分はあいつがどうにかするって」

「かっこいいね、茉麻さん」

「うん、最高なんだよね、あいつ」

臆面《おくめん》もなくのろけてしまうと、沙都子が眩《まぶ》しそうに笑った。

その屈託のない笑顔を見ていると、ふと今更のような反省の気持ちが湧いてくる。

「なんかごめんね。全然王子様的なこと、できなかったね、俺」

「ううん、楽しかった」

あの怒濤《どとう》のひとときを「楽しかった」と言える沙都子は大物だ。

「さっちゃんさ、いっぱいあるじゃん。できること」

「たまたまね。小学生の時、空手習ってたんだよね」

「へえ」

「ちょっとだけね。ずっと忘れてたんだけど、思いだした」

それでボクシングを教えた時、身体の使い方がうまかったのか、と納得した。沙都子が忘れてしまっていても、身体は覚えている。今まで生きてきた中で、沙都子が選び、学んだことが彼女を作っているのだ。

自分は何者なのか、と沙都子が悩むことはもうない気がした。

「そういうのも含めて、さっちゃんの生きる力なんだと思うよ」

「私、決めた」

「何を？」

「夫とちゃんと話す」

まっすぐ前を向き、沙都子は揺らがずに宣言する。

「かっこいいね、さっちゃん」

「なんか、もっと楽しく生きていける気がする」

「さっちゃんなら大丈夫」

分かれ道にさしかかった辺りで、刻は沙都子の後ろに回り、両肩に手を置いた。

小柄で華奢な肩だ。だがもう震えてはいない。どこか頼もしいとさえ思える。

沙都子は大きく息を吐き、前を見たままで言った。

「うん。……じゃあここからは、自分で歩いて帰るね」

終電の時間に左右される沙都子はもういない。これからは自分の足でどこにでも行けるのだ。

見送る刻の前で、沙都子は振り向かずに歩いていった。

小さな背中がさらに小さくなり、やがて見えなくなる。

それを刻はずっと見送った。

●イチヤとミユポ

無人のコンテナヤードを、ミユポがスタスタと歩いていく。両手をポケットに突っ込んで、堂々と。

正面から強いライトの光が差し込む中、イチヤはその後ろ姿に向けてスマホを構えた。

カシャ、とシャッター音が響くと、ミユポがくるりと振り返る。

「見して」

駆け寄ってくるミユポをバックステップで避ける。

「は？」

「もっと」

自由に動いてくれ、と手を振って合図する。だが、それでは不十分だったようだ。SNSのフォロワーが七万人いるとはいえ、ミユポはモデル経験もない一般人だ。自分が写真を撮ることには慣れていても、撮られることには慣れていない。モデルになると言っただろう、などと言葉で発破《はっぱ》をかけても、おそらく逆効果だ。

写真写りを気にするミユポから俊敏に身をかわし、イチヤはくるりと側転した。ミユポが目を大きく見開き、続けてキラキラした目で笑った。

「え、何それ。やっぱコワッ」

「そっちも動いて」

「その前に見せてよ！　ちょ……待って、もう！」

身をかわすイチヤを追ううちに、ミユポも身体がほぐれたようだ。軽やかに跳ねる姿を見て、そろそろいいかとスマホを見せた。

イチヤに飛びつくようにして画面をのぞき込んだミユポが安心したようにふっと笑った。

「ふーん。……ま、悪くないんじゃん？」

「全然までしょ」

「ムカつくっ」

挑発的に目を輝かせ、ミユポはイチヤのそばから駆けだした。そして数メートル先でくるりと振り返り、

「…………」

ゆっくりとミユポが両腕を輪のようにして身体の正面に持っていった。そしてそれを頭上にかざし……ゆっくりと膝を折って、一礼する。

それがどういう名前のポーズなのかは分からない。ただバレエでよく見るポーズだということはピンときた。

ふわりとミユポが身を翻し、夜のコンテナヤードを舞った。

立ち並ぶ無機質な柱が、豊かな森の木々に変じる。

高く積み上がったコンテナが、妖精の集う丘に変わる。

ミユポが伸びやかに手を振り上げ、身体をしならせ、足で地面を蹴るたびに、そこか

ら物語が生まれていく。

「…………」

イチヤは夢中でシャッターボタンを押した。

手元にはスマホしかない。専門家が使うカメラどころか、気軽に使えるデジタルカメラすらない。それまで自分の「全て」だった場所を逃げ出した時、二度とその世界には戻らないと決めて封印してしまった。

手になじむ機材がないことを、久しぶりにイチヤは悔やんだ。それでも手は止まらない。

スマホしか持っていない自分が、ミユポと出会った。この街に流れ着き、流されるようにこの仕事についていなければ、出会わなかった。

全てが必然なのだと思えた。

ならば、手元にある武器を相棒にして、この一瞬を切り取るしかない。

「…………」

ミユポが結んでいた髪をほどいた。

後を追うイチヤを振り向き、蠱惑的《こわくてき》に笑い、柱の陰に隠れ、すらりとした足を伸ばして挑発した。

そうかと思えば子供のように弾ける笑顔でくるくる回る。そして組み立てられた足場

に登った瞬間、恋人に置いていかれたかのように虚《うつ》ろな瞳で遠くを見つめた。

足場の手すりに手をかけ、ミユポが踊る。逆光の中、影になったミユポを写真に収めた時、イチヤはぐうっと何かが胸の内からせり上がってくる気がした。

遠い昔に見失ってしまった情熱が一気にあふれてきて、目がくらむ。

喉の奥が引きつるように痛み、何かがこみ上げてくる。

ミユポが足場から手を差し出した。

無意識にイチヤも手を伸ばし……だがミユポが立ち上がるタイミングと重なり、指先すら触れずに離れた。

触れる代わりにボタンを押した。

瞬きのように、何度も何度も。

――取り戻した。

その確信が多幸感になって全身を巡る。

イチヤはひたすら、ミユポの姿を写真に収め続けた――。

●刹那と灯

吹きさらしの渡り廊下に戻ると、灯はまだベンチにいた。真冬にジッとしていたのだから、身体の芯まで凍えているだろう。

利那は途中で購入した熱い缶コーヒーを灯に差し出した。本来、接客中の飲食に関しては客持ちだが、今は特別だ。

「お母さん、全部知ってたよ」

コーヒーを渡し、利那は苦笑した。

「ごめん、芝居下手で」

普段、自分では絶対に認めないのだが、これも今は特別だ。

そんな利那の気も知らず、灯は焦ったように身を乗り出した。

「病気のことも？」

「うん……ちょっと隣いいかな」

最初、ここに来た時は距離を空けて座ったが、今はあえて隣を指さす。こくりと頷く灯の隣に座り、利那は真っ暗な空を眺めた。

「灯さんはさ、お母さんが煙草吸うって知ってた？」

「え？」

「こっそりね。消火器ボックスに隠して」

「それはダメでしょう」

ズバッと言われ、利那は思わず笑ってしまった。このテンポ感こそ灯の持ち味だ。

冷めないうちにどうぞ、と促すと、灯がぺこりと頭を下げ、缶に口を付けた。大人しく飲んでいる灯を横目に眺め、刹那は小さく吐息をついた。

なんだか今日はいつもと違うことだらけだ。

堂々としていて、完璧で、完全で、有能な自分はどこに行ったのか。

「なんかさ、疲れるよな。いろんなパターンあるけど……全く愛情もらえなかったり、価値観押しつけられて縛られたり、過保護すぎたり。……誰も頼んでない、ってな」

「……っ」

「あんたの人生じゃねえんだよ……というか、こっち、まだ二十代だぞ。人生これからなんですけど、みたいな」

ぽつりぽつりと呟く刹那の言葉を、隣で灯は黙って聞いていた。

すすり泣く声が聞こえる。同意するように、こくりと頷きながら。

「自分の人生ってなんなんだろう。自分の幸せはどうなるんだ……ってな。まあなんだかんだ、子供の不幸？　を願ってる親なんていないと思うけど……」

全世界の親が、などという気はない。今も世界中のあちこちで痛ましい事件が起きている。虐待、ネグレクト、性暴力。……全てを許せというのは、被害者である子供にとって、殺されるより苦しいことだろう。

だからこれは世間一般に向けた言葉ではなく、灯に対して、だ。

灯と、自分に対して。

そんな風に、自分たちだけに共通する話をしたかった。

「もっと幸せになってほしいからこそ、だと思うんだけど、どこかですれ違って……でもそれでもさ。子供がどう生きるのかは……それはたとえ親でも、奪う権利も決める権利もないと思うんだよね。普通に、幸せに生きたいわけじゃん？　灯さんだって」

「利那さん、お母さんとは？」

「俺？」

「はい」

「俺は母親から逃げてきたんだ。大阪から」

できるだけ軽く聞こえるように言うと、灯が驚いた顔をした。

「もう顔も見たくない。大っ嫌いだよ。……でも今日、すげー思いだしちゃうんだよな。クソみたいだと思ってた昔の思い出も」

利那は立ち上がり、灯の前にしゃがみ、まっすぐにその顔を見上げる。

「灯さんさ、もうお母さんの期待に応えようとしなくていいと思うよ。昔はどうだったか知らないけど、お母さん、今、そのままの灯さんと話したいと思うよ」

「……そうですかね」

すうっと一筋、灯の頬を伝った涙を親指の腹で拭《ぬぐ》い、利那は力強く断言した。

「大丈夫だよ」

面会時間の終了まで、もう少しありそうだ。

背後に回り、促すように後ろから両肩に手を置いた。

「はい。……笑った顔、見せておいで」

こくりと頷き、灯は立ち上がった。そして一度去りかけ……思いだしたように刹那の元に戻ってくる。

「これ。……ありがとうございました」

今日の報酬《ほうしゅう》の入った封筒を手渡す。

刹那は封筒を受け取った。まっすぐに歩いていく灯の背中を見て、もう大丈夫だと思った。

彼女の足取りはブレていない。きっとこれからも自分の力で歩いていくだろう。

何かを選ぶことに四苦八苦しながら。

一回一回、プレッシャーを感じながら、それでもうつむくことなく。

温かい缶コーヒーを飲みながら、刹那は戦友の勝利をつかの間、祈った。

うっすらと空が色づき、空気がほころんでいく。

夜通し稼働していた工場のライトが夜明けに溶けていき、穏やかな海を大きな船がのっそりと出航していく。

その変化を見ながら、刹那は路上で酒瓶をあおった。灯が見ていたら朝から酒を飲むなんて、と眉をひそめたかもしれないが、もう彼女はいない。面会時間たっぷり、母と話し、今日はこれから勤務先の高校に出勤することだろう。

いや、有給休暇を取ったのかもしれないが、そこまでは刹那には分からない。きっと頑張って生きている。そう信じるだけだ。

＊　＊　＊

グッグッとアルコールを徹底的に胃に入れ、勢いを付けてからスマホを操作した。

覚悟を決めて電話をかけたというのに、何度目かの呼び出し音の後、留守番電話サービスに切り替わる。

『ただいま電話に出ることができません』

まあ、そうだろうな、とも思う。きっとまだ寝ていると思ったからこそ、こんな明け方に電話をかけたのだ。アルコールを入れてもなお、これか、と自分自身に呆れるが。

『ピーッという発信音の後、お名前とご用件をお話しください』

「…………」

ピー、と機械音が鳴ったのを聞きながら、すぐには言葉が見つからなかった。あれを言ってやる、これも言ってやるぞと意気込んでいたのに。

「……久しぶり、俺です」

ようやく出た言葉はそんな、特殊詐欺の挨拶《あいさつ》のような一言だった。

「ずっと連絡しなくてごめん。……また電話します」

迷って迷って、伝えられたのはそれだけだった。

すぐに通話が終了するというメッセージが流れ、電話が切れる。

刹那は大きく息を吐き、スマホをポケットに戻した。

母親が大嫌いだったと灯に打ち明けたのは嘘ではない。二度と帰らないつもりで故郷を飛びだし、それ以降一度も帰省しないし、こちらの住所も伝えていない。

それでも電話番号だけは変えなかった。母親も、自分も。

今はまだ、改めてそれに気づいただけだ。

「刹那」

不意にクラクションが鳴り、近づいてきた車から弘毅が手を振った。中にはすでに刻とイチヤも乗っている。それぞれの仕事場所を回り、弘毅が回収したのだろう。

軽く手を上げ、刹那も車に乗り込んだ。

ゆっくりと夜が明けていく。

刹那はスマホを凝視しているイチヤに目を向けた。

「何見てんの」

「あれ？　インスタじゃん。イチヤってそういうのやるの？」

興味を引かれたのか、刻が話に乗ってくる。

イチヤの見ていた画面をのぞき込むと、そこそこ有名らしいアカウントが数時間前にアップロードした写真が表示されていた。

がらんとした倉庫のような場所で、ライトの中に浮かび上がるバレリーナの影。

「#天才カメラマン」のハッシュタグのついたその画像は現時点ですでに三千件以上の「いいね」がついている。深夜帯でこの数字ということは、朝になればとんでもない数になりそうだ。

なぜイチヤがそれを見ていたのか、刹那も刻も知らない。イチヤも語りはしなかった。

「弘毅さん」

ふと思いつき、刹那は弘毅に語りかけた。

仕事の間はずっと標準語だったが、自分でも無意識に関西のイントネーションが戻ってきている。

「ん？」

「弘毅さんも子供おるんですよね？」

「いるよ」

「何歳ですか」

「お前らとそんな変わんないよ」

「会ってます？」

「お前らという、大変手のかかる子供がいるから、なかなかなあ」

その声音に、ほんの少しの「逃げ」を感じ、利那はふっと微笑んだ。

大阪を飛びだし、横浜に来た利那を見つけたのが弘毅だった。行く当てもなく、やりたいこともなく、ただ彷徨っていた利那を弘毅だけが見つけてくれた。詳しく聞いたことはないが、おそらく刻とイチヤも似たようなものだろう。

確かに自分たちは「手がかかる」。

だがそれと、弘毅が子供と会わないのは多分、別の理由だ。彼もまた、多分彼だけの事情を抱えている。

「弘毅さん、みんなで海行きたいっす」

そう言った刹那をミラー越しに確認し、弘毅は鮮やかなハンドルさばきで車線変更した。

「おおー」

埠頭《ふとう》に着く頃、朝日は完全に昇っていた。キラキラと水面が輝く二月の海を、男四人で眺めながら歩く。

「今日も世界を救ったか」

弘毅が三人に声をかける。刻が照れくさそうに笑った。

「まあ、救ったというか、救われたというか」

「刻、頬のそれ、どうしたん」

「色々あったの」

赤くなっている頬を指摘すると、刻がムッと眉根をひそめた。こうしたトラブルはよくあることだが、今回の刻には殺伐とした空気がない。特に危険のないうっかりミスだったのかもしれない。

「鍛え方が足りないいんじゃねえの？」

穏やかな顔でイチヤが辛辣なことを言う。

「……？」

その声を聞き、刹那はふと首をかしげた。どこがなぜ気になったのか、自分でもうまくは言えないが、イチヤの声が今までと少し違う気がした。

ずっと空虚な洞《うろ》に響く雨音のような声だったのに、今は熱く、力強い。

(何かあったんやろな)

イチヤも、刻も、自分と同じく。

珍しくスマホを構え、「鳥になって」「ダッシュ」と指示を出してくるイチヤに首をかしげながらも、刹那と刻はコートを羽のように広げてジャンプしたり、全力で走ったり、と付き合った。

なぜか、そうしてもいい気分だったのだ。

自分たちは「夜」を生きる。

人に、環境に、あらゆるものに傷つけられ、これ以外にもう道がないというほど追い詰められた人たちを助けるために暗闇を駆ける。

だが同時に、こうして朝の海ではしゃいだりもする。

「どっちも俺たちだからさ」

イチヤが笑った。

「好きに生きればいいいんだよ」

カシャリ、と軽快なシャッター音が鳴る。

少しして、刹那たちのスマホが着信音を上げた。

見ると、イチヤが今撮った画像が送信されている。

太陽光の下、キリッとした顔をした刹那と刻の間から、ひょうきんな顔で驚いている弘毅がのぞく、見事な一枚だ。

「いいね」

「いいな」

こんな日々も悪くない。

仲間たちとこうして笑って、英気を養うのだ。

今夜もまた、誰かの世界を救うために。

＊　＊　＊

とても綺麗な男の子だった。

——都会で暮らす、イケメンだけど、孤独で自由な男の子。

そう思って選んだけれど、実際の彼は全く違った。

温かくて、沢山の人に囲まれていて、優しくて……私の知らないことを沢山知っていた。いろんなところに連れて行ってくれた。

彼の優しさに触れ、呼吸することを思いだす。

何一つ否定しない彼といて、自分が何者なのかも思い出せた。

私にはなりたい自分があった。

孤独で自由で綺麗な男の子じゃなくて、私だけの「なりたい私」が。

長い道を歩いてきて、うっかり忘れかけて……でも彼のおかげで思いだした。

この出会いを忘れない。

——私の世界を救ってくれた人、私だけの騎士。

＊　＊　＊

ずいぶん繊細じゃん、と呆れた。

いっぱい食べそうだから選んだのに、食べる量は普通だし、声も小さい。こっちはお客さんなのに、つまらなそうな顔をするし、ぶーぶー文句を言うし、接客態度も最悪。

でもすごい人だった。

あの人がボタンを押すたび、地味な写真が色とりどりに輝きだした。

平凡な日常が特別なものに変わっていく。

すごい才能。すごい人。

いつかあの人は世界から見つかって、私とは全然違うところに行くんだろう。

……でも会う人会う人みんなにそう思わせながら、ここでずっと申し訳なさそうな顔をして生きていくのかもしれない。

居心地悪そうに肩を小さくしながら、路地裏の雑草とか野良猫とか、私とかに命を吹き込んで生きていくのかもしれない。

そう考えると笑ってしまう。

――私の世界を色づかせてくれた人、私だけの騎士。

＊　＊　＊

すごく自信のある人、と警戒した。

キザで、堂々としていて、強引で。

女性を待たずに一人でどんどん歩いていってしまうし、お喋りだし、姿勢は悪いし。

きっと華やかな人生を送ってきたのだろう。何もかも思い通りにしてきて、嫌なことなんて一つもなくて、恋人もきっと途切れたことがないはず。

こんなきっかけでもなかったら、一生知り合うことのなかった、住む世界の違う人。

……でも違った。

同じところに、同じ傷を持つ人だった。

ドクドクと脈打つ心臓の、一番深いところに。

それでも強くあろうとしていた。

全てを完璧にこなそうとしていた。

そしてその意思の強さで、私にもとことん付き合ってくれた。

夜に現れ、太陽の見えるところまで背中に乗せて運んでくれた野生の獣。

――私の世界を照らしてくれた人、私だけの騎士。

……今宵、私の世界は——。

本書は、映画「MY（K）NIGHT　マイ・ナイト」
（監督・脚本：中川龍太郎）をもとに、
集英社文庫のために書き下ろされた作品です。

本文デザイン／織田弥生

MY(K)NIGHT《マイ・ナイト》

◆

キャスト

川村壱馬　RIKU　吉野北人
安達祐実　穂志もえか　夏子
織田梨沙　中山求一郎　松本妃代
坂井真紀／村上 淳

◆

主題歌

片隅／ THE RAMPAGE from EXILE TRIBE（rhythm zone）

◆

スタッフ

監督・脚本：中川龍太郎

企画プロデュース：EXILE HIRO　コンセプトプロデューサー：小竹正人
音楽：YUKI KANESAKA　製作総指揮：澤 桂一　森 博貴
エグゼクティブプロデューサー：森 雅貴　道坂忠久
プロデューサー：小川江利子　藤村直人　植野浩之　柴原祐一
製作統括：南波昌人　アソシエイトプロデューサー：井上鉄大　清水洋一　配給統括：髙橋敏弘
撮影：鈴木雅也　照明：市川高穂　録音：伊豆田 廉明　美術：禪洲幸久　装飾：中山美奈
編集：髙良真秀　衣裳：田口 慧　ヘアメイク：菅原美和子　サウンドエフェクト：小島 彩(J.S.A)
助監督：鳥飼久仁　制作担当：川上泰弘
ラインプロデューサー：本島章雄　宣伝プロデューサー：増田真一郎
企画製作：HI-AX　制作プロダクション：ダブ　配給：松竹　

集英社文庫　目録（日本文学）

集英社文庫　目録（日本文学）

北方謙三　海嶺 神尾シリーズVI
北方謙三　雨は心だけ濡らす
北方謙三　風の中の女
北方謙三　水滸伝一〜十九
北方謙三・編著　替天行道 ―北方水滸伝読本
北方謙三　魂の岸辺
北方謙三　棒の哀しみ
北方謙三　君に訣別の時を
北方謙三　楊令伝一 玄旗の章
北方謙三　楊令伝二 辺烽の章
北方謙三　楊令伝三 盤紆の章
北方謙三　楊令伝四 雷霆の章
北方謙三　楊令伝五 猩紅の章
北方謙三　楊令伝六 徂征の章
北方謙三　楊令伝七 驍騰の章
北方謙三　楊令伝八 箭激の章

北方謙三　楊令伝九 遥光の章
北方謙三　楊令伝十 坡陀の章
北方謙三　楊令伝十一 傾暉の章
北方謙三　楊令伝十二 九天の章
北方謙三　楊令伝十三 青冥の章
北方謙三　楊令伝十四 星歳の章
北方謙三　楊令伝十五 天穹の章
北方謙三・編著　吹毛剣 楊令伝読本
北方謙三　岳飛伝一 三霊の章
北方謙三　岳飛伝二 飛流の章
北方謙三　岳飛伝三 嘶鳴の章
北方謙三　岳飛伝四 日暈の章
北方謙三　岳飛伝五 紅星の章
北方謙三　岳飛伝六 転遠の章
北方謙三　岳飛伝七 懸軍の章
北方謙三　岳飛伝八 龍蟠の章

北方謙三　岳飛伝九 曉角の章
北方謙三　岳飛伝十 天雷の章
北方謙三　岳飛伝十一 烽燧の章
北方謙三　コースアゲイン
北方謙三　岳飛伝十二 飄風の章
北方謙三　岳飛伝十三 蒼波の章
北方謙三　岳飛伝十四 撃撞の章
北方謙三　岳飛伝十五 照影の章
北方謙三　岳飛伝十六 戎旌の章
北方謙三　岳飛伝十七 星斗の章
北方謙三・編著　盡忠報国 岳飛伝・大水滸読本
北方謙三　傷痕 老犬シリーズI
北方謙三　風葬 老犬シリーズII
北方謙三　望郷 老犬シリーズIII
北上次郎　勝手に！文庫解説
北川歩実　金のゆりかご

集英社文庫　目録（日本文学）

北川歩実　もう一人の私
北川歩実　硝子のドレス
北川悠仁　まいんち　ゆずマン
北村　薫　元気でいてよ、R2-D2。
北　森　鴻　メイン・ディッシュ
北　森　鴻　孔雀狂想曲
城戸真亜子　ほんわか介護
木下昌輝　絵金、闇を塗る
樹原アンミツ　東京藝大　仏さま研究室
木村元彦　誇り　ドラガン・ストイコビッチの軌跡
木村元彦　悪者見参
木村元彦　オシムの言葉
木村元彦　蹴る群れ
木村元彦　新版　悪者見参　ユーゴスラビアサッカー戦記
木村元彦　争うは本意ならねど　日本サッカーを救った我那覇和樹《がなはかずき》と彼を支えた人々の美《ちゅ》らゴール
木村友祐　幼な子の聖戦

京極夏彦　どすこい。
京極夏彦　南　極。
京極夏彦　文庫版　虚言少年
京極夏彦　文庫版　書《しょ》楼《ろう》弔《とむらい》堂《どう》　破《は》暁《ぎょう》
京極夏彦　文庫版　書《しょ》楼《ろう》弔《とむらい》堂《どう》　炎《えん》昼《ちゅう》
清　川　妙　人生のお福分け
桐野夏生　リアルワールド
桐野夏生　I'm sorry, mama.
桐野夏生　I　N
桐野夏生　バラカ（上）（下）
久坂部羊　嗤う名医
久坂部羊　テロリストの処方
久坂部羊　怖い患者
櫛木理宇　赤と白
久住昌之　野武士、西へ　二年間の散歩
工藤直子　象のブランコ　――とうちゃんと

工藤律子　マラス　暴力に支配される少年たち
窪　美　澄　やめるときも、すこやかなるときも
久保寺健彦　ハロワ！
久保寺健彦　青少年のための小説入門
熊谷達也　ウエンカムイの爪
熊谷達也　漂泊の牙
熊谷達也　まほろばの疾風《かぜ》
熊谷達也　山背郷
熊谷達也　相剋の森
熊谷達也　荒《あら》蝦《え》夷《みし》
熊谷達也　モビィ・ドール
熊谷達也　氷結の森
熊谷達也　銀狼王
雲田康夫　豆腐バカ　世界に挑み続けた20年
倉本由布　ゆめ結び　むすめ髪結い夢暦
倉本由布　迷い子の櫛　むすめ髪結い夢暦

集英社文庫

MY《マイ》 (K)NIGHT《ナイト》　マイ・ナイト

2023年10月25日　第1刷　　定価はカバーに表示してあります。

著　者　樹島千草《きじまちぐさ》

発行者　樋口尚也

発行所　株式会社 集英社

東京都千代田区一ツ橋2-5-10　〒101-8050

電話　【編集部】03-3230-6095

【読者係】03-3230-6080

【販売部】03-3230-6393(書店専用)

印　刷　大日本印刷株式会社

製　本　大日本印刷株式会社

フォーマットデザイン　アリヤマデザインストア　　マークデザイン　居山浩二

ISBN978-4-08-744584-8 C0193

集英社文庫　目録（日本文学）